JN068226

訳アリ
男装王太子は
追放を望む
Wakeari
dansououtaishi
ha tsuihou wo
nozomu

CHARACTERS
ハムリン
世界がループしている
原因のヨシカを
サポートする精霊。
元となったゲームでは
エデンのお助けキャラ
として存在していた。
ヨシカ
“暁の国ゾンネ”の王太子。
日記帳を開いた瞬間、
前世の記憶が甦る。
処刑されるのを回避するため、
追放エンドを目指す。
エデン
“宵の国アーベント”の第七王女。
世間では絶世の美少女だと
噂されるヨシカの婚約者。
可憐な見た目によらず
活発な一面もある。

メルヴ
世界樹と共生する守護精霊。
メルヴが存在しない世界樹は、
そのうち枯れてしまうと
言われている。
オルグイユ
エデン姫を取り巻く七騎士の
隊長であり、"傲慢"を司る。
"宵の国アーベント"
随一の剣の遣い手。
アダルウォルフ
"暁の国ゾンネ"の
第二王子である半獣人。
とある理由で数年前から地下牢に
囚われているようだが……？

訳アリ
男装王太子は
追放を望む
Wakeari
dansououtaishi ha
tsuihou wo nozomu

Contents

第一章　男装王太子は突然前世を思い出す!?

「殿下！　ヨシカ王太子殿下！　エデン姫の祝賀会の計画書に、目を通されましたか？」

低血圧に苦しむ私に追い打ちをかけるように、愛人のひとりであるヴォルフ公爵夫人が責め立ててくる。

差し出された紙の束からはどうしてか〝嫌な予感〟しかしなくて、目を逸らし続けていたのだ。

エデン姫というのは隣国である〝宵の国アーベント〟の第七王女。

〝妖精姫〟と呼ばれ、絶世の美少女だと囁かれる彼女は私の婚約者である。

俗に言う政略結婚というもので、〝暁の国ゾンネ〟の王太子である私との結婚が決まった。

今回、三年後の結婚式に向け、エデン姫を招待し、皆にお披露目を行う。

計画を立てたのはヴォルフ公爵夫人だが、王太子である私が主催したという名目なのだ。

その計画書を目にするたびに、動悸と冷や汗、それから言葉では表せない不安に襲われ、まともな思考ができなくなっていた。

「そろそろはっきり方向性を定めていただかないと、こちらも動きようがありません」

「わかっている。わかっているから、今日は下がってくれ」

ヴォルフ公爵夫人は明らかに不服だ、という表情でいたものの、何も言わずに会釈し退室していった。

それにしても、私はいったいどうしてしまったのか。

ヴォルフ公爵夫人が置いていったエデン姫の祝賀会の計画書に手を伸ばす。しかしながら、触れただけで息苦しさを覚えるのだ。

もしや頑張り過ぎて、疲労が溜まっているのか。三年前に父王が病に倒れ、執務すら敵わない状況が続いていた。

私は父王の代わりとなり、日々働いていたのだ。

ただ、拒否反応を示すのは、エデン姫の祝賀会について書かれた書類を見たときだけだ。

他の文章を読んでも、特に変化はなかったはず。

そう思って引き出しの一番上を開く。

手に取ったのは、ここ一年ほど触れていない日記帳であった。

日記帳には魔法が仕掛けられており、普段は鍵がかかっているものの、私が手をかざしたら魔力を読み取って開けるようになるのだ。

これは私が十五歳の誕生日に、父王が贈ってくれたものだ。六年間使える代物で毎日書いていた。

去年、二十一歳の誕生日を迎えたので、これ以上書けなくなってしまったのだ。

そういえば熱心に書いていたな、と一年ぶりに日記帳を捲る。

すると、バチン！　と音を立て、日記帳の上に見た覚えがない魔法陣が浮かび上がった。

「なっ、これは⁉」

パラパラ、パラパラパラパラとページが勝手に捲れる中、不可解としか言いようがない記憶が甦る。

それは――前世についてだった。

ヨシカ・フォン・エスターライヒとして生まれる前の私は、〝日本〟という国で平々凡々に育った女だったのだ。

そして、生まれ変わった世界についても思い出す。

ここはシミュレーションゲーム〝パラダイス・エデン〟とまったく同じだった。

前世の私は友達から、〝パラダイス・エデン〟を借りてプレイしていたのでわかる。

ゲームに登場する〝暁の国ゾンネ〟の王太子ヨシカは、エデン姫という婚約者がいながら大勢の愛人を囲い、それだけでなく、真実の愛に目覚めたと言って自国の子爵令嬢を未来の王妃にすると宣言。さらにエデン姫に子爵令嬢をいじめた罪をなすりつけ、国外追放を命じた。

その後、エデン姫を取り巻く七騎士に〝暁の国ゾンネ〟は滅ぼされ、王族は全員毒殺される。

七騎士というのは、エデン姫に心酔する七人の騎士のことだ。〝パラダイス・エデン〟で主人公であるエデン姫の恋愛対象でもある。

騎士の性格が七つの大罪にリンクしており、エデン姫に何かあれば牙（きば）を剥（む）くのだ。

〝傲慢（ごうまん）〟で他人を見下す、剣の騎士オルグイユ。

〝強欲（ごうよく）〟を常に抱く、双剣の騎士アヴァリアス。

〝嫉妬（しっと）〟深い、杖（つえ）の騎士アンヴィ。

〝憤怒（ふんぬ）〟に支配される、槍（やり）の騎士コレール。

〝色欲（しきよく）〟を持て余す、鞭（むち）の騎士アンピュルテ。

〝暴食(ぼうしょく)〟を好む、盾(たて)の騎士グルトヌリー。

〝怠惰(たいだ)〟に明け暮れる、弓矢の騎士パレス。

そんな七騎士は、エデン姫を苦しめた王太子ヨシカを許さなかった。

七騎士のひとり、剣の騎士オルグイユによって、王太子ヨシカは衆目の前で首をはね飛ばされてしまう。公開処刑というやつだった。

ゾッとして、全身に鳥肌が立つ。

いてもたってもいられず、執務室から飛び出す。護衛騎士達があとを追ってきたものの、手洗いを我慢していただけだ！　と強く言って下がらせる。

遠く離れた場所にある洗面所の鏡で自らの顔を確認した。

燃えるような真っ赤な髪に、輝く金の瞳(ひとみ)、整った顔立ちに、すらりと伸びた手足。

赤髪は長く、三つ編みにして胸の前から垂らしていた。

この特徴的な造形は間違いない。

私は〝パラダイス・エデン〟でエデン姫の取り巻きに処刑(ザマァ)される、悪役クズ王子に生まれ変わっていた。

頭を抱え、その場に座り込む。

王太子ヨシカとして、二十一年もの間、生きてきた。

国王として即位するために必死で勉強し、国民の模範になるべく清く正しく人生を歩んできた。

これまで自分の生き方を否定する者は誰一人としていなかったのに――前世の記憶が戻った今、

とんでもない秘密を自覚してしまう。

それは王太子ヨシカが〝女〟であるということ。

背が五フィート九インチ(百七十七センチ)あろうが、男顔で女性から猛烈にモテようが、紛(まが)うことなき女なのだ。

ゲームの中で王太子ヨシカがエデン姫を傷付けるような言動を繰り返し、挙げ句の果てに国外追放を言い渡したのは、性別がバレないようにするためだったのだろう。

何を隠そう〝宵の国アーベント〟の者達はエルフのような長く尖(とが)った耳を持ち、膨大な魔力を有するのだ。

エデン姫は極めて勘が鋭く、第六感と呼ばれる、ものごとの本質を感覚として掴む特殊能力にも長(た)けていた。

王太子ヨシカは女性であることを、エデン姫に露見するのを恐れていたに違いない。

なぜ、性別を偽っていたのか。それは私が生まれる前に遡(さかのぼ)る。

王妃——今は亡き母——は、結婚して二年目に待望の王太子を生んだが夭逝(ようせい)してしまったのだ。

母は悲しみに暮れ、ふさぎ込む。

けれども第二子の妊娠をきっかけに、元気を取り戻した。

無事出産したものの、その子も病気を発症し、亡くなってしまった。

さらに二年後妊娠するも、母は流産してしまった。

あまりにもショックだったのか、母は引きこもるようになる。

それから五年後に、妊娠が明らかになり、出産する。そこで生まれたのが私だった。

世継ぎである王子でなく、王女だった。我が国で王位継承権を持つのは直系男子のみ。

母は世継ぎを望んでいたからか、私を王子と偽って育てることに決めた。

それまで傍に置いていた侍女全員を解雇し、当時、母の取り巻きをしていた令嬢達を集め、絶対にバレないようにと命じたのである。

それから一年後に母は亡くなった。死因は病死だった。

母の取り巻きだった令嬢達は信用のおける乳母と侍女と共に、私を教育してくれた。

私が十五歳の誕生日になると、かつて母の取り巻きだった令嬢達は、私の愛人として傍に侍るようになった。

それがヴォルフ公爵夫人を始めとする、五名の愛人達の正体である。

皆、すでに人妻だが、私を支えるために愛人と名乗って、傍にいてくれるのだ。

ちなみに〝愛人〟としている理由は、私に近付く女性を遠ざけるためである。彼女らの働きのおかげで、私に近付く女性はいない。

そんな秘密はさておいて。

母はもう亡くなった。だからこのような茶番劇を続ける必要なんてない。

ただ、未来の国王である王太子を生むのは、母の悲願だったのだろう。

ヴォルフ公爵夫人を始めとする愛人達は、私が王太子であり続けることを目的に日々、頑張っているのだ。

はーーーーーー、と盛大なため息が零れる。

エデン姫の祝賀会に対して嫌悪感を抱いていたのは、私に前世の記憶があったからだろう。

王太子ヨシカが女だった、という設定は〝パラダイス・エデン〟に登場しない。

これからどうしたらいいものか、と考えていたら、天井から日記帳が落ちてきた。

「ヒッ⁉」

執務室に置いてきた日記帳が、突然目の前に降ってきた。

いったいどうして？

開けたページを覗き込むと、ギョッとする。

日記帳は私の六年もの間の、愛人との日々が書かれているはずだった。

けれどもそこに書かれていたのは、まったく別人の文字。

手に取って読んでみると、そこにはとんでもないことが記録されていた。

○月×日
どうにかエデン姫を遠ざけなければいけない。

でないと、彼女の第六感で男装を見抜かれてしまうだろう。

酷(ひど)い言葉をエデン姫にかけたところ、双剣の騎士アヴァリアスに殺されかける。

薬だと言って渡され、飲んでしまったものが毒だった。

本当に死んでしまうかもしれない。

○月△月

どうやらあのとき飲んだ毒で一度死んだらしい。

また時間が巻き戻ったようだ。

「こ、これは――⁉」

日記帳には私ではない、ヨシカが書いたらしい記録があった。

内容については不可解の一言である。自分が殺された、という理解しがたい文章が何度も記録されているのだ。

「いったいどういう意味なんだ？」

誰かのいたずらか、はたまた創作のつもりなのか……？

首を傾げているところに、声が聞こえた。

『この世界は、ゲームと同じように、繰り返しているんだよお！』

「うわあああ‼」

突然、日記に魔法陣が浮かんで、中から小さなネズミが出てきた。気配がなかったので、死ぬほど驚いてしまう。

体は丸っこくて、尻尾は短い。茶色と白が混ざった毛並みで、つぶらな瞳で見上げてきた。

どこかで見た覚えがあったが、すぐにピンとくる。

「お前は〝パラダイス・エデン〟のお助け精霊、ハムリン⁉」

『そうだよお』

ハムリンは日記帳の上に立ち、ぺこりと会釈する。

「ハムリンって、〝パラダイス・エデン〟の主人公であるエデン姫の傍にいる精霊だろう?」

『そうだよお。でも、世界がループしている原因はヨシカにあるから、ハムリンがサポートするためにやってきたんだよお』

なんでもこれまでも王太子ヨシカを助けるべく、ハムリンが参上したようだが、疫病神(やくびょうがみ)扱いされ、傍に寄ることすらできなかったらしい。

「そもそも世界のループってなんなんだ? 〝パラダイス・エデン〟には、そんな要素はなかったと思うのだが」

まず、世界の成り立ちについて、ハムリンが説明してくれた。

『ここは創造神が世界を創るさいに、人間界のゲームを参考にして生み出されたものなんだよお』

「なんでゲームをモデルに世界なんか創ったんだ?」

『創造神は、ネタ切れだと話していたんだよお』

あまりにも世界が次々と崩壊するため、創造神はいちいち創世にこだわっていられないと判断したらしい。

地球にある漫画やゲームをモデルにしどんどん創世していった結果、〝パラダイス・エデン〟とまったく同じ世界が誕生したようだ。

『ただ、この世界には〝欠陥(バグ)〟があったんだよお』

その欠陥というのが、王太子ヨシカを起点としたループだと言う。

『〝パラダイス・エデン〟には〝周回要素〟と呼ばれるものがあって、それがループを繰り返す要素になったのではないか、というのが創造神の見解なんだよお』

周回要素というのは、ゲームによくあるレベルや装備などを引き継いで新しくゲームを始めるシステムである。それが、人々が生きる世界に反映されてしまったようだ。

「なぜ、ループの起点が私なのか?」

『それは――わからないんだよお』

がっくりとうな垂れてしまう。お助け精霊といっても、すべての情報を把握しているわけではないようだ。

『えーと、その辺も、ヨシカと一緒に調べたいんだよお』

「そんなこと、急に言われても……」

ハムリンはつぶらな瞳を潤ませ、じっと見つめてくる。

「ここの世界が正常な流れにならないことによって、創造神的に何か問題でもあるのか?」

次から次へと創世できるのであれば、この世界が機能していなくても、問題ないだろう。

『問題大ありなんだよお!』

なんでもこの世界が正常に動いていないと、他の世界にも連鎖的に不具合が広がっていき、最終的にすべての世界が消えてしまうようだ。

「なるほど。ここの世界は、創造神にとってたちが悪い病原菌みたいなものなのか」

ハムリンは頷（うなず）きつつ、涙目で私の腕にヒシッとしがみついて懇願してきた。

『どうかこの世界のループを断ち切って、ハッピーエンドを迎えてほしいんだよお』

無茶を言う。けれどもループの起点が〝王太子ヨシカ〟になっている以上、私がどうにかするしかないのだろう。

ここでふと気付く。もっとも重要な点だと思い、ハムリンに質問を投げかけてみた。

「そういえば、もともとこの体にいた、王太子ヨシカはどうした？」

元の王太子ヨシカはエデン姫に正体がバレないよう行動し、彼女を遠ざけた結果、殺されている。

日記はそれで終わりではない。

なぜか殺される前まで時間が遡り、王太子ヨシカは時間を回帰している。

日記の日付は何度も戻っていて、王太子ヨシカは何度もやりなおしを行っていた。

しかしながら、そのすべてをエデン姫の七騎士に阻止され、死ぬという人生を繰り返しているようだ。

『元の王太子ヨシカは何度もやりなおしをする中で、生きるのが嫌になってしまったんだよお』

どうあがいてもループから逃れられない事実を知った王太子ヨシカは、自分の体に他人の魂を引き寄せる方法を学んだ。

『ループに屈しない、強靱（きょうじん）な魂の持ち主に、白分の人生を託したんだよお』

「それが私、というわけなのか？」

ハムリンはにっこりと微笑（ほほえ）みながら頷いた。

「なんだよ……それ」

世界の運命を託され王太子ヨシカとして生きるだなんて、平和な日本育ちの私には荷が重すぎる。

「私のどこが、強靱な魂の持ち主なんだ？」

『それに関しては、自信を持ってほしいんだよお』

強靱な魂云々はさておいて。

パラパラと日記帳を確認していたが、王太子ヨシカはありとあらゆる方法を試しているようにも思えた。

「エデン姫を避けたら失礼だろうと七騎士に殺される。逆に仲良くしても七騎士に殺される。逃げても、恥を掻かせるなと七騎士に殺される。八方ふさがりで、いったいどうしろって言うんだ！」

王太子ヨシカは七騎士から毒殺、刺殺、圧殺、殴殺、格殺、銃殺、焼殺、爆殺、虐殺、斬殺、縊殺、撃殺、謀殺、笑殺――ありとあらゆる方法で闇に葬られていた。

最後の笑殺だけ詳細が気になるが。いいや、そんなことなど考えている場合ではない。

「何か王太子ヨシカが試していない方法があるのではないのか？」

ハムリンは首を傾げたまま、動こうとしない。

「お助け精霊って、何をしてくれるんだ？」

『いつでも君の傍にいてあげるよお』

「いや、そんな、悲しいときに支えてくれる恋人みたいなことを言われても……」

エデン姫に嫌われても好かれても、避けても逃げても、バッドエンドは逃れられない。

日記帳を読み込めば読み込むほど、八方塞がりな状況であることがわかる。

「無害の人を装っても、七騎士が〝暁の国ゾンネ〟を滅ぼして、王族は全員処刑されているではないか！」

なぜ、七騎士の反感を買っていないのに、このような状況になると言うのか。ハムリンを問い詰めると、とんでもない事実が発覚した。

『たぶん、ゲームの世界だった名残で、王族の処刑が強制イベントと化しているんだよお』

思わず頭を抱える。

処刑から逃げようとしたら、七騎士が地の果てまで追いかけてくるらしい。恐ろしいとしか言いようがない。

「王太子ヨシカは何度も何度も生き延びるために行動を起こして、失敗して、殺されて……心が折れてしまったのか」

ハムリンは控えめに、こくりと頷く。

「強制イベントとやらがある以上、私がどうあがこうが無駄なのではないか？」

まっとうでしかない私の疑問に、ハムリンは弁解するように訴えた。

『さっきも言ったけれど、この世界には、〝パラダイス・エデン〟と同じように、欠陥があるって、神様が話していたんだよお！』

王太子ヨシカが試したルート以外で、何かループを止める打開策があるはずだ、とハムリンは真剣な眼差しで言う。

「いや、私には無理だ」

なぜかと言えば、〝パラダイス・エデン〟は何周もやったわけでない。ヘビーユーザーであれば、ゲーム中の欠陥についても詳しく把握していて、その穴を突くこともできただろうが。

私がやってきたのはミニゲームのやりこみと、エデン姫グッズを集めていたことくらいか。どちらもこの世界では役に立たないだろう。

「私は一周しか、〝パラダイス・エデン〟をプレイしていないんだ」

野菜を育てたり、料理を作ったり、魚釣りをしたり、コツコツ地道なミニゲームを楽しんでいた。中でも夢中になったのは、魔法薬(ポーション)作りだ。

魔法薬の作成には大量の魔力を必要とするので、レベル上げに勤(いそ)しんでいたのを思い出す。

ただ、これは恋愛ゲームなので、七騎士とのイベントが作業を邪魔しにくるのだ。

大切に栽培していたニンジンの苗をウッカリ踏みつけ、詫(わ)びとしてデートしてやろう、なんて発言したのは誰だったか。腹が立ちすぎて、名前や顔は覚えていなかった。

システムやエデン姫のビジュアルは最高だったのに、七騎士のキャラクターが気に食わず、最終的には役目を果たさずに追放エンドになってしまった。

「ん、追放エンド?」

〝パラダイス・エデン〟には、七騎士が勘違いからうっかり滅ぼしてしまった〝暁の国ゾンネ〟の復興という目的があった。

素材を集めるクエストをこなして建物を修繕し、治水を整え、七騎士に命令し魔物を討伐させる。

それらを達成しなければ、父親である〝宵の国アーベント〟の国王よりお叱りを受け、国に戻るように言われる。これをファンの間では、主人公エデンの追放イベントと呼んでいた。

「追放……。そうだ、追放だ！」

ぐうたら王太子を演じ、追放の刑に遭えば処刑エンドを迎えることもなくなるだろう。

『たしかに、これまで王太子ヨシカが追放されたという例はなかったように思えるんだよお』

日記を読み返してみたが、それらしき記録は見当たらない。

「よし。ならば、目指せ追放！　目指せ生存ルートを目標に頑張ろう」

『おー！』

ハムリンは頬袋（ほおぶくろ）からいそいそと羊皮紙を取り出す。四次元ポケットか！　と突っ込みたくなったが、ぐっと我慢した。

ハムリンはキリッとした表情で、契約書にサインするよう差し出してくる。

「これはなんだ？」

『きちんとこの世界をループから救い出します、という契約書だよお』

「また、図々しいものを出してきたな」

いったいどういった内容なのかと気になったので、受け取って目を通す。読んでいくうちに、とんでもない記述を発見してしまった。

「死んだらゲームオーバー。これまでの王太子ヨシカのようにループしませんので、あしからず、って、どういうことなんだ⁉」

『一回死んだら、それで終わりって意味だよお』

「それはわかる！　もしも私が死んだら、王太子ヨシカの体はどうなるのか？」

『また別の、適性がある魂を入れて、世界のループ脱却をお願いするんだよお』

なんて酷い神様なんだ……愕然としてしまう。

「死んだ私の魂はどうなるんだ？」

『えーっと、あなたはこの世界の住人ではないから、魂は彷徨って元の世界に行くけれど、肉体はないから、浮遊霊になるかもしれないんだよお』

「なっ！」

今まであまり気にしていなかったが、私はすでに死んで火葬まで済まされているようだ。

いったいどうして死んでしまったのか。前世の記憶はどうやら完全に戻ってきたわけではないようだ。

『でも、その、きちんとループ脱却できたら、あなたの魂はこの世界の存在だと認められて、死んだとしても、新しい肉体に宿ると思うんだよお』

浮遊霊になるのを避けたければ、この世界をループから解放させるしかないのか。

正直、腹立たしい気持ちでいっぱいである。肉体はすでに滅びているのに、新しい体を与えられ、ハードモードの人生を強制的に歩まなければならないなんて……。

ただ、エデン姫が輿入れしてくるまで、三年もある。

ぐうたら王子のイメージを植え付け、追放されるまでには充分過ぎる猶予があった。

やるしかないのだろう。

「仕方がないな」

むしゃくしゃした気持ちで、契約書にサインした。

文字が金色に輝き、羊皮紙はどこかへと消えていく。創造神との間に結ばれた契約が、しっかり成立したのだろう。

『これから、ハムリンも精一杯お手伝いするんだよお！』

そんなことを言うハムリンの首根っこを摘まんで、視線を同じ高さにした。

「おいおい、〝手伝う〟だと？　ずいぶんと他人事ではないか」

『あ、えっと、そのお……』

無限ループから救うという行為は、この世界の精霊であるハムリンは当事者である。お手伝いだなんて、子育てに参加した感をだすだけの父親みたいな発言をしないでほしい。

「手伝うんじゃない。一緒に〝やる〟んだ」

ガンを飛ばしつつ脅すように訴えたら、ハムリンは何度もこくこく頷いていた。

手と手を取り合って、一緒に頑張ろう。そう、称え合ったのだった。

ループを回避するための方向性が定まったのはよかったものの、どうやってぐうたら王太子像を作ればいいものなのか。

一応、エデン姫にはダメ王子っぷりを手紙か何かでアピールしようと考えていた。

エデン姫が結婚に嫌気が差し、アーベント王が激怒して抗議文でも送ってきたら、なんらかのレッテルが貼られるに違いない。

ただ、それだけでは追放とはいかないだろう。

かと言って、本当に何もしないぐうたら王子にはなれない。

現在、父王は病に伏している。もしも私が政務を放りだしたら、国が傾いてしまう。代わりに政務に就ける者がいればいいのだが。

第二王妃ゲートルートの子である第三王子ハインツはまだ六歳と幼い。

「他にはもう第二王子しか――あ！」

いるじゃないか！　と第二王子の存在を今さらながらに思い出す。

第二王子は公妾だった獣人族の娘ゲルダの息子で、名前はアダルウォルフ、年齢は十二歳くらいだったような。

彼に執務仕事のやり方を叩き込み、やってもらえばいいのだ。

ただ、アダルウォルフは三年前から表舞台から姿を消している。

これまで、彼の行方についてさほど気にしていなかった。だが、〝パラダイス・エデン〟のシナリオを知っていると、アダルウォルフがどこにいるかわかる。

アダルウォルフの母はフェンリル族の血を引く者で、その息子であるアダルウォルフは半獣人なのだ。王太子ヨシカの母親が亡くなり、父王が病になったのをきっかけに、なぜかアダルウォルフは罪人の塔にある地下牢へ囚われてしまったのだ。

実行に移したのは、いったい誰だったのか。その辺ははっきりゲーム本編で描写されていなかったような気がする。まあ、テキストを読み飛ばしていた可能性もあるが。

何はともあれ、アダルウォルフを助けるならば、一刻も早いほうがいい。

ただ、このまま外に出たら、護衛達に見つかってしまう。

洗面所の窓から外に行くしかないか。

しかしながらここは五階にある。飛び降りたら確実に死ぬだろう。

「ハムリン、ここから外に脱出したいのだが、どうすればいい？」

『だったら、この〝転移マップ〟を使うといいよお』

ハムリンが『マップ・オープン！』と言うと、城内のデジタルマップが魔法陣のように浮かんできた。まるでゲーム画面のようなマップを前に、少し戸惑ってしまう。

「こ、これは……？」

『お城の転移マップだよお』

王太子ヨシカがこれまで足を運んだ場所は淡い光を放っている。一方で、暗くなっている場所は未踏の地らしい。

一度足を運んだ場所には自由に行き来できるようだ。

『光っている場所をタップするだけで、瞬時に移動できるんだよお』

なんという便利システムなのか。それと同時に、ここは本当にゲームを元にした世界なんだな、と思ってしまう。

ハムリンは転移マップを消し、一度出してみるように勧める。

「……マップ・オープン」

シーンと静まり返る。転移マップは出現しなかった。

『もっと大きな声で叫ぶんだよお』

微妙に恥ずかしいのだが……。もう一回、挑戦してみた。

「マップ・オープン」

『もっとだよお！』

「マップ・オープン！」

『もっともっと！』

「マップ・オープン‼」

渾身(こんしん)の力で叫ぶと、転移マップが出現した。

これを使うときはこの声量を維持しなければならないのか……。まあ、何回か使ったら慣れるだろう。たぶん。

元の王太子ヨシカは地下牢に足を運んだことがあったらしい。マップに触れると、くるりと景色が変わっていく。

目の前にそびえ立つ、罪人の塔。瞬間移動したようだ。

空は晴天なのに、この辺りだけ黒い雲が広がっていた。

元の王太子ヨシカがここに足を踏み入れた実績が残っていたのは、処刑される前に収容されていたからなのだろうか。

罪人の塔にある地下牢は主に重罪人を収容する場所だったが、老朽化を理由に現在は使われていない。その点を逆手に取って、アダルウォルフを監禁しているのだろう。

塔の前には守衛の騎士がいたものの、父王の命令で監査にやってきた、と言うとあっさり通してくれた。地下への出入り口にも騎士が配置されていたが、先ほどと同じ理由で通過できた。

地下へ繋がる階段は、灯りが点されておらず真っ暗だった。私の肩に乗っているハムリンが光の球を魔法で作ってくれたので、それを頼りに進んで行く。

らせん状になっている深く長い階段を降り、ついに地下牢へ辿り着く。

「思っていた以上に暗いな。ハムリン、光球をもっと明るくできるか?」

『まかせるんだよお!』

周囲をぼんやり照らすばかりだった光は、地下牢全体をしっかり照らしてくれた。

頑丈な鉄格子が露わとなり、その奥に大きな黒い物体があるのに気付く。

「あ、あれは――」

『グルルルルル』

私を目にするなり、低く唸るのは、巨大な黒狼――アダルウォルフである。

ここで前世の記憶が甦った。

アダルウォルフは何者かに獰猛化の魔法薬を飲まされ、エデンや七騎士と戦うという、〝パラダイス・エデン〟のラスボス的存在だった。

よくよく観察したら、アダルウォルフの額に赤い魔法陣が浮かんでいる。あれが獰猛化させる魔法薬を飲んでいた証なのだろう。

「なんでこんな重要なことを忘れていたのか！」

私の存在が彼を刺激してしまったのだろう。アダルウォルフは鉄格子に向かって体当たりを繰り返している。

何世紀も前に造られたであろう古い鉄格子は、ミシ、ミシと音を立てて限界を訴えていた。今まで形を保っていたのが不思議なくらいである。

「ど、どうしよう！　この王太子、たしかとんでもないザコキャラだったような」

王太子ヨシカは序盤で処刑される、取るに足らない小物である。

序盤で七騎士との戦闘があるものの、操作を覚えるためのチュートリアル的な役割をこなすばかりだった。

腰ベルトに手を伸ばしたが、いつも佩いている剣は――執務室の壁に立て掛けたままだ。

転移魔法で撤退して、戦闘態勢を整えなければ。

「マップオープン‼」

そう叫んだものの、転移マップは表示されない。代わりに、ありえない赤文字が目の前にぽんやりと浮かんだ。

――逃げられない！

「なっ⁉」

それは、ゲームでボス戦を行うさいに何回も目にしていた言葉である。

通常の戦闘は逃走できるのに、ボス戦は逃げられないというゲーム世界のお約束であった。

「ちょっ、こんなところまでゲームと同じ仕様でなくてもいいのに！」

こうなったら、ハムリンを頼るしかない。

「いけ、ハムリン！　〝かじりつく〟!!」

『ハ、ハムリンの戦闘能力は皆無なんだよお！』

「な、なんだってー!?」

そんな会話をしているうちに、アダルウォルフは鉄格子を破壊してしまった。

慌てて上の階へと駆け上る。

『グルルルル!!』

アダルウォルフは追いかけてくるが、手足に重りが付いているので、そこまで早くはない。

けれども、このまま外に出るわけにはいかないだろう。

「うわあああ、早速死ぬ!!　確実死ぬ!!」

死因：かじりつかれたことによる、失血死だろうか。

絶対に嫌すぎる。

「ハムリン、武器かなんか持ってないのか!?」

『あ、あ、あるんだよお！』

「早く出すんだよお!!」

慌てるあまり、口調が移ってしまう。いや、そんなことはどうでもいい。戦える得物があるのならば、一秒でも早く貸してほしかった。

ハムリンはくるりと一回転し、ハムリン自身が武器へと姿を変える。

空中からくるくると降ってくる剣の握りを、タイミングよく握った。

すらりと伸びた白銀の剣。鍔部分には、なぜかハムリンの顔が付いていた。

「こ、これは――!?」

『ハムリン・ソードなんだよお！』

鍔にあるハムリンの顔が喋ったので、飛び上がるほど驚いてしまう。

「えっ、猛烈にダサい」

『この世界の最強の剣で、〝パラダイス・エデン〟での隠しクエストで入手できる、とっておきの武器なんだよお』

「そ、そうなのか」

隠しクエストをするほどやりこんでいなかったので、ハムリン・ソードの存在は初耳であった。

『ハムリン・ソードは魔法剣で、魔法を斬って無効化することができるんだよお！』

今の状況にうってつけの剣というわけだ。

すぐ背後まで、アダルウォルフが迫っていた。王太子ヨシカのステータスは〝ザコ〟の一言であるが、ハムリンの剣があればアダルウォルフに勝てるかもしれない。

階段を三段飛ばしで駆け上がり、振り返ってアダルウォルフに飛びかかる。

この一撃にかけていた。

まっすぐ伸ばした剣が、アダルウォルフの額に浮かんでいた魔法陣を貫通する。

『グオオオオオオオオ!!』

アダルウォルフの咆哮が、地下全体に響き渡る。耳をつんざくほどの声量であった。

魔法陣はハムリン・ソードの一撃によって消滅した。

「や、やったか」

『ご、ごくろうさまなんだよお』

ハムリンは剣から元の姿になり、安堵しているようだった。

アダルウォルフ自身は獰猛化が解けたからか、人間の姿に戻った。もちろん全裸である。

急いで彼のもとへ駆け寄る。意識はないようで、瞼は閉ざされたまま。呼吸や脈拍を確認する。

「ひとまず問題なし、か」

外傷は見つからないが、十二歳にしては体が小さく、やせ細っている。

おそらく、食事など充分に貰っていなかったのだろう。育ち盛りだろうに、気の毒な話だ。

マントを脱いで、彼の体に被せてあげた。

地下牢へ戻り、牢の中に巨大な狼がいるような幻術をかけておく。鉄格子も壊れていないように見せかけておいた。

王太子ヨシカの戦闘能力はザコレベルだが、魔力値はかなり高い。

しかしながら攻撃魔法の適性はほぼなく、戦いに役立たない幻術のみ使えるのだ。

「これでよし」

幻術で自分自身を作りだし、罪人の塔を見張る騎士達に挨拶しておくよう、仕込んでおく。幻術の自分がらせん階段を上っていくのを確認すると、アダルウォルフを抱き上げた。

「ぐっ……重たい」

いくら痩せて見えるとはいえ、ザコ王子の細腕では抱えきれないようだ。

すぐさま、先ほどハムリンに教えてもらった転移マップを展開させる。

「マップオープン‼」

自室をタップすると、一瞬にして転移した。

「きゃあ！」

部屋には愛人のひとりである、フォーゲル侯爵夫人がいたようだ。

「で、殿下、どちらからいらっしゃったのですか⁉　それに、その子はもしや――？」

「説明はあとだ。彼の体をきれいにしてどこかへ寝かせておくよう、従僕に命じておいてくれ」

「承知しました」

優秀な愛人であるフォーゲル侯爵夫人は、追及せずに命令を聞いてくれた。

「うう、疲れた」

いろんな記憶が一気に甦ってきた上に、戦闘を行い、魔法を使ったからか、とてつもない疲労感に襲われる。

少しだけ休もう。そう思ったのと同時に、長椅子に倒れ込んだのだった。

「――殿下！　ヨシカ王太子殿下！　起きてくださいませ！」

フォーゲル侯爵夫人の声と共に、体がガタガタと揺り動かされている。

「うーん、あと五分……」

「連れてお帰りになった少年が、暴れております！」

「な、なんだってー！」

想定外の事態を耳にし、慌てて飛び起きる。

「どうした？」

「ご命令通り従僕に体をきれいにさせて、客間に寝かせておいたようなのですが、監視していた騎士に飛びかかったようで」

騎士は獣人顔負けの反射神経で避け、脱出したようで無傷らしい。

さらに、鍵をかけて閉じ込めたようだ。

「そのあと、中の少年は扉を引っ掻いたり、体当たりしたりしているそうです」

「なるほど」

まだ外に出ていないということは、獣人化した状態ではないのだろう。

ひとまず、アダルウォルフをどうにかしなければならない。

三年間監禁されていたと言うので、とんでもなく恨まれているに違いない。

話が通じると信じて、話をしに行こう。

「殿下、あの少年はいったい何者なのですか？」

「第二王子アダルウォルフだ」

フォーゲル侯爵夫人は眉間（みけん）に皺（しわ）を寄せ、顔を伏せる。

なんとなく、そうではないのか、と予想していたのだろう。

アダルウォルフは公式の場に出たことは一度もなく、血を分け合った私の前にさえ、姿を現した覚えはない。

父王の公妾だった女性が産んだ子どもを、周囲の者達は正統な王子だと誰も認めていなかったからだろう。

予備（スペア）が欲しかった父王はアダルウォルフを第二王子として教育するよう命じていたようだが、実際は誰にも見られないように存在を隠されていた。

おそらく、まともな教育も受けていない。

「殿下、アダルウォルフ王子を連れてきて、どうなさるおつもりですか？」

「それは……皆を集めて話そうか」

アダルウォルフはしばし放置しておいても問題ないだろう。扉を破ったとしても、騎士が止めてくれるはずだ。

取っ組み合いになったら力で負けるだろうから、体力がなくなって疲れた頃合いに話し合いをしたい。

まず先に、愛人達に事情を説明しないといけないだろう。

例の日記帳によれば、過去の愛人達は王太子ヨシカに愛想を尽かし、途中でいなくなっている。

袋小路に追い込まれた結果、やつあたりしてしまったらしい。

さらに愛人達は騒動に巻き込まれ、七騎士に殺されたという記録も残っていた。

彼女達を危険に晒(さら)すわけにはいかない。一刻も早く、解散させる必要があるのだろう。


久しぶりに五名の愛人達を集結させる。愛人とは名ばかりの、私の腹心だ。

最年長であり、母の一番の信者だったヴォルフ公爵夫人。

明るく朗らかで、私のために侯爵と政略結婚してくれたフォーゲル侯爵夫人。

執務の補佐をし、教育係も兼任するフックス伯爵夫人。

自尊心(プライド)が高く、ツンとした態度でいるハーン子爵夫人。

騎士一家の出であり、護衛として傍に侍るボック男爵夫人。

この美しいだけでなく頼りになる女性陣が、私を支えてくれる愛人達である。

「突然呼び出してすまない。皆に相談があって――」

緊急事態であることはすでに把握しているのだろう。皆、神妙な面持(おもも)ちでいる。

何から話そうか。迷ったものの、ひとまずもっとも大きな問題について打ち明けた。

「先ほど、私のもとに創造神の命令で、精霊が遣(つか)わされた」

上着のポケットに入っていたハムリンが、顔を覗かせる。

神々しく下り立ちたかったようだが、ずんぐりむっくりな体が許さなかった。

ポケットに後ろ足を引っかけ、ころころと転がっていく。

私の膝で大きく跳ね上がると、見事、机に着地していた。

『精霊ハムリンだよお』

威厳なんて欠片もない様子に、愛人達の表情筋が少しだけ引きつる。

フォーゲル侯爵夫人のみ耐えられなかったのか、「ふふ」と笑っていた。

「ここにいるハムリンが、神の予言を運んできてくれたのだ」

予言というのは、この先、私が〝宵の国アーベント〟の七騎士に殺される、ということ。

皆、目を見開き、言葉を失っているようだった。

「闇に葬られてしまう原因は私にあるそうだ。なんでも私がエデン姫に不義理を重ねた結果、七騎士の怒りを買ってしまうらしい」

エデン姫との結婚を決めたのは父王である。父王はいまだ、私が女である事実を知らないのだ。

記憶が戻る前の私は、それでもどうにか上手くやるつもりだった。

振り返ってみると無茶でしかない話だが、愛人達の支えがあれば可能だと思い込んでいたのだ。

「私が女だと正体を明かして結婚を断ったら、死の運命は回避できるだろう。けれどもそれは、亡くなった母の名誉を大きく傷付けてしまう」

それだけは避けたい。

なぜ、会った覚えがない母をここまで尊重してしまうのか。その理由は、母の信者である愛人達に育てられたからだろう。彼女達は私が幼少期の頃から、母の偉大さについて語って聞かせてくれたのだ。そんな事情があり、私は母を尊敬し、大切に想っている。

「死を回避するにはどうすればいいのか考えた」

エデン姫に嫌われるのも、避けるのも、七騎士の逆鱗に触れてしまう。

「そこで思いついたのが、エデン姫と婚姻が結ばれる前に、エデン姫側から婚約破棄され、この国から追放される、という選択だ」

まだ三年間も猶予がある。その間に、さまざまな手法を用いて婚約破棄を目指せるはずだ。

ここで、ヴォルフ公爵夫人が質問を投げかけてくる。

「では、エデン姫の祝賀会はどうなさるおつもりですか？」

「中止だ」

「しかし、もうすでにエデン姫に祝賀会の開催は伝えており、参加の意思も届いております」

「それでもいい。急遽、中止になったと手紙を書こう」

エデン姫は面白くないと思うはずだ。そうした小さなことを重ね、彼女が〝暁の国ゾンネ〟にやってくる前に婚約破棄を促すのだ。この方法を取ったら、七騎士の脅威も私に届かないだろう。

「同時進行で、アダルウォルフに即位するための教育を施す」

私が追放されるまでの三年間、徹底的に叩き込んだら、なんとか使い物になるだろう。

その計画にフックス伯爵夫人が物申す。

「アダルウォルフ王子が台頭すれば、第二王妃が黙っていないのでは？」

第二王妃ゲートルート。母が亡き後、父が後妻に迎えた女性だ。

もともと母の侍女のひとりで、母が亡くなって傷心の父王の心を癒やしていたらしい。

母の国民的人気が高かったばかりに、父王と結婚した第二王妃に対し、人々は非難の声をあげていた。

けれども愛らしいハインツ王子の誕生をきっかけに、第二王妃に対する反感は収まったようだ。

現在、ハインツは六歳である。

男装王太子である私や、特例で王位継承権を与えられたアダルウォルフがいなければ、ハインツが正統な王太子だったのだ。

第二王妃は友好的な態度でいるものの、腹の中では何を考えているのかわからない。

ひとまず、アダルウォルフについては第二王子だと周囲の者達に公表しないようにしよう。

「アダルウォルフには、継承権についてどう感じているのか、本人に聞いてみるから。もしも国王になる気がないのであれば、継承権を返上させるのもいいのかもしれない」

ハインツの補佐官として、支える未来もあるはずだ。

アダルウォルフは〝パラダイス・エデン〟の本編では、酷い目にしか遭っていなかった。その挙げ句、ラスボスとして始末される。

そんな未来よりも、平穏に生きる道があるのならば選ばせてやりたい。今はそう考えていた。

「というわけで、前置きが長くなったが、私は七騎士に殺されないよう、あがいてみようと思っている。この先、私の地位は不安定なものになるだろう」

これまで、彼女達はよく仕えてくれた。それぞれ家族がいるのに、年がら年中私の傍にいてくれたのだ。もう、解放してあげたい。

「今後は私の傍から離れたほうがいいだろう。お前達も七騎士に命を奪われる可能性がある。退職金も出すから、皆自由に――」

そう口にしかけた瞬間、ハーン子爵夫人がその場に跪く。

「ヨシカ王太子殿下！　私は何があろうと、運命を共にする所存でございます」

普段、強気できつい態度しか見せないハーン子爵夫人が膝を折るなんて。

彼女だけではなかった。他の四名の愛人達も、私の前にひれ伏す。

ヴォルフ公爵夫人はまっすぐな瞳を向けながら訴えた。

「ヨシカ王太子殿下の行く先が地獄であろうと、ご一緒します」

すでに、不吉なことを言っている。彼女の息子はまだ成人していないのに、なんだか申し訳なくなった。

フォーゲル侯爵夫人も続いた。

「わたくしも、ヨシカ王太子殿下と共にありますわ。そのほうが楽しいので」

もうすでに跡取りは産んだので、問題ないと言ってくれる。明るい様子に、少しだけ救われた。

それにフックス伯爵夫人までが残ったのは意外だった。

「私がいないと、ヨシカ王太子殿下はお菓子を食べ過ぎないか心配ですので」

そう。何を隠そう、私は甘い物に目がない。幼少期からフックス伯爵夫人が厳しく制限してくれたので、今の体型を維持できている。

ボック男爵夫人は迷いなんぞなかったようだ。

「私の命はヨシカ王太子殿下のために使うと決めております。どうかご心配なく」

「みんな……」

この先は王太子でもなんでもない。追放されたらただの〝ヨシカ〟になるのだ。

それでも、彼女達はついてきてくれると訴えてくれる。

「ありがとう」

愛人達の清く美しい忠誠に、心から感謝したのだった。

ひとまず、愛人達は残るようだ。頼っていいものか不安はあるが、あれだけの決意を見せてくれたのだ。私が何を説いても、離れないだろう。

「さっそくだが、アダルウォルフのもとへ向かう。暴れているようなので、ボック男爵夫人、ついてきてくれるか？」

「承知しました」

荒事（あらごと）に慣れているボック男爵夫人を同行させ、アダルウォルフの様子を窺（うかが）いに行こう。

机で大人しく話を聞いていたハムリンもポケットの中に詰め込んでおいた。

廊下を歩きながら、作戦について話をしておく。

「ボック男爵夫人、私が合図を出すまで、動かないでほしい」

「それは、危険なのでは？」

「頼む」

「承知いたしました」

客間に向かうと、遠くからでもドンドン！　と扉を叩いて暴れるような物音が聞こえた。

正面から対峙するのは恐ろしいので、続き部屋となっている隣から侵入しよう。

扉の近くにいた騎士達が同行を申し出たが、あまり大勢で押しかけるとアダルウォルフの警戒が強まってしまう。ひとまず、ボック男爵夫人だけを連れて、アダルウォルフのもとへ行った。

中へ入ると、アダルウォルフは驚いた表情でこちらを見る。まさか背後から人がやってくると想定していなかったのだろう。

「やあ、初めましてだな、アダルウォルフ。私はこの国の王太子であるヨシカ・フォン・エスターライヒだ」

世話役を務めていた侍従曰く、アダルウォルフは自分が第二王子だと自覚していないらしい。

ひとまず王宮の環境に慣れてから、彼が王族であるということ、そして私が兄ということを説明しようと思っている。

アダルウォルフは私をキリリと睨みつけ、敵対心を露わにしていた。

「お前……お前が、僕を閉じ込めたのか!?」

「え、違っ」

アダルウォルフは目にも止まらぬ速さで、私のもとへ駆けつけ、押し倒してくれた。

どうやらアダルウォルフは、自分を閉じ込めた犯人を知らないらしい。

また、私が王太子ヨシカであることも把握していないようだ。

「ううううう……ゆ、許さない！」

「ご、誤解だ！」

ボック男爵夫人には視線で合図をだし、改めて動かないよう命じる。

アダルウォルフは牙を剥きだしにし、怒りを露わにしていた。こうして見ると、やはり彼は人間とは異なる生き物なのだな、と思ってしまう。

なんて、のんきに考えている場合ではない。このままでは喉元（のどもと）を噛み千切られてしまうだろう。

あれだけ暴れていたのに、体力を消費しているようには見えない。もっと時間を置けばよかったか。ついに力に押し負け、アダルウォルフは私の喉元めがけて噛みつこうとする。

けれども寸前で避け、肩にかぶりつく。

「うっ‼」

鋭い痛みに襲われる。

「殿下‼」

「ボック男爵夫人、まだだ」

抵抗し暴力的に突き放したら、さらに牙を剥くだろう。

こういうとき、どうすればいいものか。痛みに耐えるために奥歯を噛みしめながら考える。

ふと、子どものときに観たアニメ映画で、獣に噛みつかれたとき、優しく声をかけるシーンを思い出した。早速実践する。

「い、痛くない」

「うううう」

「いいいい、痛くない、痛くない」

言っているうちに、台詞(せりふ)は「痛くない」ではなかったのではないのか、と疑問を覚える。

痛くないだと、単なる私の感想になるだろう。

「いや、痛い！　痛い、痛い、めっちゃ痛い！」

最近の若者は〝めっちゃ〟を使わないとか、死語だとか、そんなの本当にどうでもいい。

我慢も限界だ。そう思って、私はポケットに詰めていたハムリンに、救援を要請した。

「ハムリン、頼む、アダルウォルフをくすぐってくれ」

『わ、わかったんだよお』

ポケットから飛び出したハムリンは、アダルウォルフの寝間着の中へ侵入する。そこから、彼のお腹をくすぐってくれた。

「あっ、あは、あはははは！」

アダルウォルフは私から離れ、笑い始める。作戦は大成功だ。

肩の傷には、ボック男爵夫人が魔法薬をかけて治してくれた。

とてつもなく染みたが、名誉の負傷だ。

アダルウォルフはハムリンを捕獲すると、投げ飛ばす。ハムリンは『わあ～～』と悲鳴をあげながら弧を描くように飛んでいった。

「アダルウォルフ」

　声をかけると、アダルウォルフは敵対心剥き出しの目で見つめる。

「こうして会うのは初めてだな。私は王太子のヨシカという」

　アダルウォルフの反応は極めて薄い。もしかしたら王太子という存在が何者なのか、教えられずに育った可能性がある。

「私はお前を保護したい。そして教育を施し、一人前に育てたいのだ」

　両手を広げ、敵意はないことを伝える。

「お前をずっと閉じ込めていたのは、私ではない」

「ならばなぜ、今さら助けた？」

　ごもっともな質問に、胸が苦しくなる。

　私は前世の記憶が戻るまで、アダルウォルフを気にかけたことなど一度もなかったから。

「し……知らなかったんだ」

　嘘（うそ）は言っていない、嘘は。

　前世の記憶が戻る前の私は、アダルウォルフがどこにいるのか、どう過ごしているのかまったく把握していなかった。

「風の噂（うわさ）でお前が囚われているのを知り、いてもたってもいられず、助けに行った」

「信じない！　お前は僕を利用するつもりなんだ！」

痛いところを突いてくれる。

広い意味で表すのであれば、私はアダルウォルフを利用する気でいる。

けれども彼を一人前に育てあげ、立派な王族になってもらいたいというのも嘘ではない。

「これから私の行動を見て、もしもお前を騙してると思えば、殺せばいい」

少々過激だが、これくらいしないと、信用してもらえないだろう。

ここで、例のアニメの台詞を思い出した。すぐに採用し、アダルウォルフに対して使ってみる。

「アダルウォルフ、怯えるな。私を怖がらないでくれ」

口で言うだけならば、いくらでもできるだろう。信用してもらえるためには、行動で示さないといけない。

腰に佩いていた剣を捨て、両手を広げる。敵意はまったくない、とわかりやすく伝えたつもりだ。

「私はお前の、心の支えになりたい」

これまで習った知識や礼儀のすべてを、アダルウォルフに教育させるつもりである。

「絶対に見捨てない。一度だけでもいい、どうか私を信じてくれ！」

私の暑苦しいまでの訴えを聞いたアダルウォルフは、真珠のような美しい涙を流す。

ずっとひとりで不安だったのだろう。もっと早く助けてあげたらよかった。

ぺたん、とその場に座り込んだので、体を支えてあげた。

もしかしたらまた噛みつかれるかもと恐れていたが、アダルウォルフは身を任せてくれた。もう大丈夫かもしれない。

そう思いつつ、アダルウォルフの頭を撫でてやる。すると、彼はあっという間に眠ってしまった。

どうやら、気を許してくれたようだ。

ホッとしつつも、胸の中にモヤモヤが残る。

アダルウォルフを拘束し、地下牢に閉じ込めたのはいったい誰なのか。

これについても調査したいところだが、下手(へた)なことに首を突っ込んで、私の立場を危(あや)うくしたくない。

ひとまず、アダルウォルフの扱いについては慎重になったほうがいいだろう。

それからというもの、フックス伯爵夫人と一緒にアダルウォルフの教育を始めた。

彼は一言で表すならば野生児。文字が書けないどころか、食事のマナーすら知らないようだった。

父王はアダルウォルフを予備として、王太子に準ずる教育を施すように命令していたはずだ。それなのに、アダルウォルフは何も身に着けていなかったのだ。

幸いと言うべきか、アダルウォルフは熱心に勉強に取り組んでいた。

褒(ほ)めれば褒めるほど、やる気を見せてくれたのだ。

「アダルウォルフ、文字が書けるようになったとは、偉いぞ！」

「ありがとうございます、ヨシカ殿下！」

一か月前まで牙を剥きだしにし、ガルガル唸って警戒をしていたのに、今は愛犬のように懐いてくれている。

文字は習得できたし、計算も得意なようだ。もしかしたら、三年経たずとも活躍できるようになるかもしれない。期待が高まる。

アダルウォルフの教育は順調そのものであった。

一方で、エデン姫のほうはというと――。

「殿下、エデン姫より、祝賀会中止についての返信がありました」

「ああ、ありがとう」

ハーン子爵夫人が持ってきた手紙を、さっそく開封する。

急な中止にもかかわらず、手紙には「またのご機会を楽しみに待っております」という健気な言葉が書かれていた。

良心がズキズキ痛んだものの、思っていたよりもエデン姫のダメージになっていないところが気になる。

「ハーン子爵夫人、女性というのは、男のどんな部分に冷めるのだ？」

「そうですね、気が利かない贈り物でご機嫌取りをしてくるときでしょうか？」

「それだ‼」

即座に採用する。

祝賀会を中止にしてしまった詫びとして、何か贈り物をしよう。

「いったいどういった品がいいものなのか。ハーン子爵夫人は何を貰ったとき、最悪だと思った？」

「生地の面積が極端に少ない下着ですね」

「とてつもなく最悪だな」

ただ下着なんかをプレゼントしたことが七騎士にバレたら、怒りを買ってしまいそうだ。

彼らを刺激するのはなんとしても避けたい。

「もっとこう、エデン姫をがっかりさせると言うか、期待をごっそり削ぐような贈り物がいいな」

三日三晩熟考した結果――〝自作のラブソング〟を贈ることに決めた。

きちんと楽器を使って作曲し、詞まで考えた。

製作に五時間ほどかかったが、自分でも惚れ惚れするほど気が利かない贈り物だ。

このまま贈るのはもったいないから、と愛人達にアカペラで披露してみたが、皆、萎えた表情で聞いてくれた。

歌い終わったあとの、パラパラとやる気のない拍手を前に、勇気づけられる。

これを受け取ったエデン姫は、うんざりするだろう。

一応、気持ちはこもっているので、七騎士も無下にはできないはずだ。

期待を込めて、自作のラブソングを〝宵の国アーベント〟へ送った。

ここ一か月で、一歩、一歩と追放への道へ近付いていることだろう。

達成感を胸に、その日は眠りに就いたのだった。

今日は第二王妃ゲートルートとお茶会の約束をしていた。

月に一回、彼女と交流する場を設けるように、と勧めていたのは父王である。

第二王妃が継母となってから八年もの間、律儀（りちぎ）に続けていた。

彼女は亡くなった母の元侍女で、とても聡明で美しい女性である。

母は彼女を侍女の中でも腹心とし、何かあったら頼っていた。

同じように、父王も支えてくれるに違いない。そう思って結婚を賛成した。

あっという間に八年経ち、彼女の息子であるハインツもすくすく成長している。

彼とも月に一回、会う機会を設けているのだが、目に入れても痛くないほど愛らしいのだ。

お茶会にはハインツも連れて来ればいいのに、彼女は絶対にひとりで現れる。

父王が命じた、ふたりきりでの交流を頑（かたく）なに守っているのだろう。

これから始める商売についてあれこれ考えていたら、第二王妃がやってきた、と声がかかった。

入るように勧めると、騎士の手によって扉が開かれる。

金髪碧眼（へきがん）の絶世の美女が会釈し、にっこり微笑みかけてきた。

すらりと背が高く、優美な凹凸があり、とてつもなくいい匂いがする。

この世に存在する男すべてが惚れてしまうような完璧な女性だ、と改めて思った。

そんな第二王妃は三十七歳。だが見た目は完全に二十代に見える。

父王といいたら、彼女が娘に思えるくらい若々しいのだ。

「ヨシカ王太子殿下、お久しゅうございます」

「ああ。堅苦しい前置きはいいから、好きな場所に腰かけてくれ」

「はい」

まるで淑やか、という言葉が擬人化したようである。

もしも転生するならば、第二王妃のような美女がよかった。

王太子ヨシカの造形もかなり整っているほうだが、男装している影響なのか、こう、なんというか全体的に精悍なのだ。

フォーゲル侯爵夫人がお茶と茶菓子を運んできてくれた。

今日は一番摘みの香り高い紅茶と、ルビー・イチゴのタルトだ。

普段、私が口にする甘い物は厳しく制限されているものの、第二王妃がやってくる日は、大盤振る舞いのように贅沢なお菓子が用意されるのだ。

ルビー・イチゴというのは、この世界でもっとも高貴なイチゴだと言われている。

〝パラダイス・エデン〟のミニゲーム内でも、ルビー・イチゴを作って出荷したことがあった。

育てるためには大量の魔力を必要とし、太陽が出ている時間に植え、夜になる前に収穫しないとダメになる、という繊細過ぎるイチゴだった。

たしか、買い取り価格は一粒五十万ゴールドだったような。庶民の平均月給が十万ゴールド程度なので、かなり高価だろう。

ルビー・イチゴは本物の宝石のようにキラキラと輝いていた。

「今回もすばらしいお菓子を用意してくださったのですね」

「もちろん」

普段、私がこれを食べたいと言ってても作ってもらえない。第二王妃がやってくるからこそ、口にできるのだ。彼女には深く感謝しないといけない。

フォーゲル侯爵夫人が切り分けたルビー・イチゴのタルトを頬張る。

ルビー・イチゴの表面は薄い飴が張り付いているみたいにパリパリで、中から甘い果汁が溢れてくる。

タルト生地はサクサクと香ばしく、中のカスタードがルビー・イチゴの甘さを引き立ててくれるようだ。

「うう、おいしい」

思わず、率直な感想を口にしてしまった。

普段、私がどれだけお菓子を制限されているのか、第二王妃は知らないだろう。

一時期、ケーキを食べすぎてお腹を壊し、三日間寝込んでしまった。それ以来、フックス伯爵夫人は私からお菓子を取り上げるのだ。

前世でも、私はあるスポーツの強化選手で、日本代表になったこともあった。

体を絞らなければならないため、甘い物は厳禁。

テレビでスイーツ特集が放送されるときなんかは、辛すぎてチャンネルを変えるほどだった。

「ヨシカ王太子殿下は甘味が、本当にお好きなのですね」

「ええ、まあ」

「おいしい菓子店を知っているんです。今度、お菓子の詰め合わせを贈りましょうか？」

好意はありがたく受け取りたいが、フックス伯爵夫人から怒られてしまう。丁重にお断りさせていただいた。

「いや、なんというか、お腹を壊しやすい体質らしい。これも久しぶりのタルトなんだ」

「そうでしたのね。体調の問題でしたら、仕方がありませんね」

「本当に」

ハインツの話を振って、時間が過ぎるのを待つ。

会話が途切れたので、そろそろお開きにしよう。そう思っていたのだが――。

「そういえば、ヨシカ王太子殿下は最近、〝年若い従僕〟をお雇いになったそうですね」

年若い従僕、というのはアダルウォルフのことだろう。

一応、彼が第二王子だと知っているのは五人の愛人のみで、騎士や使用人達には従僕だ、と話している。

アダルウォルフは長年隠されるように育てられていたので、第二王子だと気付く者はいなかった。

「彼が何か？」

「どこのどなたですの？」

「彼は孤児だ。気の毒な境遇に身を置いているのを発見し、助けた」

身寄りがないため、側近にしようと教育しているところであると。

嘘は言っていない、嘘は。

「そうだったのですね。どこぞの貴族の嫡男(ちゃくなん)だと思っておりました」

「いやいや、彼は違う」

フェンリル族の血を引く、第二王子アダルウォルフだ、などと言えるわけがなかった。

「遠目で同じ年頃くらいに見えた、なんて聞いていたものですから、ハインツの遊び相手にどうかと考えておりました」

咎(とが)められるのか、と構えていたが、申し出は想定していたものではなかった。

「王妃殿下には申し訳ないが、彼は育った境遇が劣悪で、現在は療養をかねた暮らしをさせているんだ。ハインツ王子の遊び相手をする余裕なんて、とてもないだろう」

「あら、そうでしたか。失礼な申し出をしてしまいました」

「いいや、気にしないでくれ」

ひとまず、彼については見守ってくれると嬉しい。そう言うと、第二王妃は微笑みを浮かべ、頷いてくれたのだった。

「あとは――エデン姫の持参品が届いたようですが、以前話していたとおり、わたくしが金庫で管理する、ということで問題ありませんね？」

「ああ、頼む」

持参品というのは嫁入り道具のことで、嫁いでくるエデン姫の財産となる品々だ。箪笥や化粧台などの家具から、ドレスや帽子などの衣料品、宝飾類に金銀銅など、多くの品々が運びこまれてきたようだ。

エデン姫の部屋の内装など、よくわからないと困っていたら、第二王妃が代わりに準備してくれたのだ。

その流れで、持参品を管理するのを申し出てくれたのである。

婚約破棄や離婚になった場合、それらの品はすべてエデン姫に返さないといけない。

誰も手を付けずに、きれいな状態で保管しているようだ。

「心から感謝する」

「いいえ、お気になさらず。自分自身の私物と一緒に管理しているだけですので」

エデン姫も何か起こったさい、持参品を私が所持しているよりも、第二王妃の管轄にあるほうが相談もしやすいだろう。それに女性同士、わかり合える部分もあるに違いない。打ち解けるきっかけになれば、と考えている。

私と婚約破棄しても〝宵の国アーベント〟とは付き合いを続けていかなければならない。第二王妃とエデン姫が仲良くなっていれば、〝パラダイス・エデン〟の本編のように国を滅ぼされるという未来も訪れなくなるだろう。

そんなわけで、いろいろ都合がいいと思い、彼女に頼んでいたのだった。

会話が途切れたタイミングで、時計塔の鐘が鳴る音が聞こえた。

「そろそろ時間か」

「ええ、そのようですね」

第二王妃はあっという間だったと言うが、私にとっては永遠のように長かった。

お茶会は一時間半ほどで、お開きとなる。

第二王妃が帰ったあと、はーーーーと盛大なため息が零れた。

フォーゲル侯爵夫人がホットミルクを作って持ってくる。ありがたく受け取った。

「お疲れ様でした」

「本当に疲れた」

第二王妃との面会に意味はあるのか。疑問でしかないが、父王が撤回しない限り続いていくのだろう。考えただけでもうんざりしてしまう。

「殿下は王妃殿下が苦手なのですか？」

「あー、なんか究極の世渡り上手って感じで、本心は別にあるように見えて、毎回、心の奥底では何を考えているんだ？　って疑問に思ってしまうんだ」

思い当たる節があったのか、フォーゲル侯爵夫人は苦笑いを浮かべていた。

苦手と言うほどではないものの、付き合いにくい相手だな、と出会ったときから思っていた。

彼女が味方であれば、とてつもなく頼りになる。かつて侍女を務めていた彼女を、母が重用していた意味も頷けるものだ。

単に私は、彼女と対等に付き合えるほどの器がないだけなのだ。

その辺は庶民生まれ、庶民暮らしの習慣が染みついている魂の持ち主なので、どうあがいても身につかないのだろう。

「息子であるハインツ王子は愛らしいのだが」

アダルウォルフとハインツが仲良く遊ぶところを想像すると、幸せな光景でしかなかった。

しかしながら、それは絶対に叶(かな)わないだろう。

微妙な立場にある者同士、警戒に越したことはない。

兄弟仲良くなんて、夢のまた夢だった。

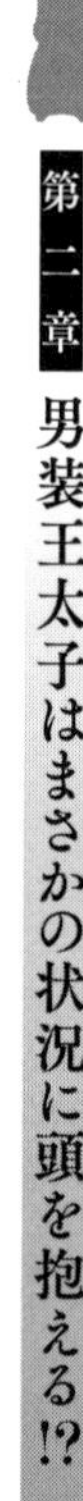

エデン姫へ自作のラブソングを送りつけてから、早くも一か月が経った。

ドン引きしているのか、エデン姫から反応はない。きっと今頃、婚約破棄を目指して行動を起こしている頃だろう。

頑張れエデン姫、と心の中でエールを送っていた。

穏やかな昼下がり——私はアダルウォルフと共に、庭でボール遊びをする。

「アダルウォルフ、取ってこーい！」

腕を大きく振ってボールを放つと、アダルウォルフは嬉しそうに追いかけている。

十二歳の男子とするような遊びではないものの、アダルウォルフはこれが一番好きらしい。

この通り、アダルウォルフとは良好な関係を築きつつあった。

彼はなんと、この国の王子であると知らずに育てられたらしい。そのため事実は伝えずに、私の従者見習いとして傍に置くことにしたのだ。

ある程度勉強が進み、かつ落ち着いてきたら打ち明けるつもりである。

アダルウォルフはボールを回収すると、笑顔で持ってくる。

「ヨシカ殿下！　また投げてください！」

「はいはい。よっと！」

できれば遠くに飛ばしたいものの、私はザコ王子。肩の力もザコなのだ。ボールは十メートルも飛んでいない。帰宅部の女子高生が投げたほうが、距離を稼いでいることだろう。

このままではいけない、というのは日々感じていた。

前世の記憶が戻ってからというもの、体力作りを基礎から行っている。初めは少し歩いただけで息切れしていたが、最近はかなりマシになっているような。

剣の訓練も始めていた。

前世の私はフェンシングの選手だったので、ハムリン・ソードを使い、一撃でアダルウォルフにかけられた獰猛化魔法を突くことができた。

前世で身に着けた剣技が、もしかしたら役立つかもしれない。それを活かすには、体力と筋力が必須だろう。そう判断し、毎日頑張っている。

私に必要なのは、それだけではなかった。

追放後の資金もあったほうがいい。

王太子という立場上、暮らしに困ったことはないものの、自分のお金というのは存在しない。

我々王族は時給制ではないのだ。

王家が保有している財産は、国民が汗水垂らして稼いだものである。それを持っていくわけにはいかなかった。

どうにかして、お金を手にしたい。

シミュレーションゲーム〝パラダイス・エデン〟では、効率よくお金を稼ぐミニゲームがいくつか用意されていた。

その中のひとつ、〝魔法菜〟を作ってみることにした。

魔法菜というのは、肥料と水の代わりに魔力を与えて栽培する野菜だ。

一部の好事家(こうずか)に人気で、出来のいい魔法菜は高値で買い取ってもらえる。

先日、ルビー・イチゴを食べたときに、短期間で儲(もう)けるにはこれしかない！　と閃(ひらめ)いたのだ。

栽培にはコツが必要な上に、たくさんの魔力を消費するため、魔法菜を育てようと思う者は多くない。魔法菜が育てられるくらい魔力が高ければ、普通に魔法使いになって働いたほうが稼げるからだ。

魔法菜の栽培は、幻術以外に魔法の適性がないにもかかわらず、豊富すぎる魔力を持つ私にうってつけというわけだった。

ただ、魔法菜の種は中央街の裏路地にある魔法雑貨店にしか売っていない。

さらに、魔力値が足りない者は魔法雑貨店を見つけることすらできないのだ。

つまり、私が直接買いに行くほかない。

本日の執務は終わっているので、出かけてみようか。

なんてことを考えつつ、ボールを遠くまで放つ。

何回投げただろうか。すでに肩が悲鳴をあげているような気がした。

このままでは私の肩が壊れてしまう。今後、ボール遊びは従僕に任せよう。

そう思っていたのに――。

「ヨシカ殿下、また僕と遊んでくださいね！」

キラキラな瞳で私を見上げ、愛らしいことを言ってくれる。

私の肩はすでに悲鳴をあげていたものの、拒絶なんてできやしない。

「うん、絶対遊ぶー！」

かわいい弟アダルウォルフのおねだりを前に、知能レベルゼロな返答をしたのだった。


アダルウォルフはテーブルマナーの授業があるので、フックス伯爵夫人と共に食堂へ向かった。

一方、私は街に出かけるための準備を行う。

追放されたあとのことを考えて、変装道具を買い集めてもいたのだ。

と、その前に、城下街の転移マップがどれくらい解放されているのか、確認させていただく。

もしかしたらすでに、魔法雑貨店に行っている可能性もあるからだ。

「マップオープン‼」

城下街を指定すると、転移マップが城内から一瞬で入れ替わる。

「ふむ……」

解放されているのは、中央街の広場のみだった。

もしかしなくても、元の王太子ヨシカが公開処刑をされるさいに連行され、実績が解除されたのだろう。

それ以外の地区は、未踏の地のようだった。どうやら自分の足で行くしかないらしい。

フォーゲル侯爵夫人に声をかけ、着替えの手伝いを頼む。

「えーっと、殿下はこちらにお着替えになるのですか？」

「そうだが？」

寝台の上に広げてあるのは、街娘風のワンピース。それから栗色の毛足が長い鬘(かつら)だ。

毎年誕生日にはさまざまな種類の記念品(スーベニア)が国民に向けて販売されている。私の顔は広く知られているので、変装といったら女装するしかないと思っていたのだ。

「誤って背中に紐がある服を選んでしまった。だから、着付けの手伝いをしてくれ」

「承知しました」

二十一年間、男として育てられており、背丈や体付きにも恵まれ（？）、どこからどう見ても私は女には見えない。

けれども、王太子ヨシカは美貌の王子として名高い。女装姿もさぞかし美しいだろう。

そう思っている瞬間もありました。

自分で選んだ愛らしいワンピースが似合っていないのか、それとも慣れない濃い化粧のせいなのだろうか……こう、どこかあか抜けない姿が完成した。

「なんでこうなる⁉」

「あの、ここ最近、鍛えすぎているからだと」

たしかに戦闘能力を向上させるため、体力作りと剣技の訓練を増やした。

その頑張りが、体をごつくさせてしまうなんて。

もともと肩幅は広く、筋肉もうっすら付いていた。何もせずとも、男性のような骨太女子だったのだ。

それが鍛えたことにより急成長。たくましい体付きになってしまったのだろう。その結果、女性の恰好が壊滅的に似合わない状態になるなんて、夢にも思っていなかった。

「あのー、変装するならば、傭兵（ようへい）とか冒険者のほうが、殿下に合っているような気がします」

「いや、いい。このままで行く」

せっかく買い集めた変装用の服だ。死蔵させてしまうのはもったいない。

それに、遠目で見たら女性に見えなくもない。

追放後は女性として暮らさなければならないので、練習だと思っておこう。

「ただ、こうなってしまうと同行するのはフォーゲル侯爵夫人じゃないほうがいいな」

護衛任務についていた騎士を数名呼び寄せ、変装用に購入したレースとリボンがたっぷりあしらわれた、ガーリーワンピースを着せて女装させる。

見事、筋骨隆々（きんこつりゅうりゅう）とした大迫力の女装軍団が爆誕した。騎士達はプロなので、感情は顔に出さない。さすがとしか言いようがなかった。

まあ、女であるのに壊滅的に似合わない私よりは遥かにマシだろう。

女装した我々を見つめるハムリンは明らかに怖がっていたものの、置いていくわけにはいかない。

花飾り（コサージュ）があしらわれたポシェットの中に、ぎゅっと詰め込んでおく。

同じようなポシェットをいくつも買っていたので、騎士達にも支給してやった。

「あ、あの、殿下、こちらはどういった用途で使う鞄なのでしょうか？」

「各々（おのおの）が思う、かわいいものでも入れておけ」

騎士達は「かわいい？」、「かわいいとは？」と真面目な表情で話し合っていた。

きっと彼らは人生の中で、かわいいという物に縁がなかったのだろう。

とりあえず、フォーゲル侯爵夫人が用意した花柄のハンカチなどをポシェットに入れるように命じておく。

騎士達は私を守るように囲んでくれた。なんというか、安心感が半端（はんぱ）ない。

「こちらのほうが、警備面も安心だな」

引きつった表情のフォーゲル侯爵夫人に見送られ、私は筋骨隆々・女装軍団と共に街へ繰り出したのだった。

大柄の女装集団など、注目を集めてしまうのではないか。そう心配していたものの、皆、いい感じに見ない振りをしてくれる。

まず、ギルドに立ち寄り、所持金を両替してくる。

ギルドには派手な恰好をした冒険者達がたくさんいたので、女装軍団がやってきても気にも留められなかった。

用事が済んだので、ずんずんと大またで闊歩（かっぽ）し、路地にある魔法雑貨店を目指す。

一応、店にはおそらく私しか入れない件について、女装騎士……ではなくて、筆頭騎士に説明しておく。

魔法雑貨店は何度もゲームで行き来していたので、マップを開かずともわかる。

城下街を歩くこと三十分ほどで、魔法雑貨店に到着した。

「では、しばしそこで待っているように」

「はっ！」

筋骨隆々・女装軍団をここに放置していいのか迷ったものの、買い物は長くかからないだろう。人もめったに通らない場所だろうし、しばらく我慢をしてもらおう。

近所の人達に見つかりませんように、と祈りながらドアノブに手をかける。

魔力を読み込んでいるのか、魔法陣が浮かび上がった。

扉を開くと、魔法が発動されるのを感じる。一歩踏み出した瞬間、別の空間へ転移するのがわかった。

魔法雑貨店の様子は、ゲームとまったく同じだ。

雰囲気はトルコのグランドバザールによく似ている。

店内は薄暗く、天井から魔石入りのランタンが吊されていて、ほのかに商品を照らしていた。

各種魔法薬や、魔法書、魔法が付与された羊皮紙に羽ペン、属性付き魔石などなど、商品の品揃えは多岐にわたっている。

実を言えば〝パラダイス・エデン〟の中でもっとも好きだったのが、この魔法雑貨店なのだ。まさか聖地巡礼ができるなんて。

グラフィックで見ていたアイテムが、ひとつひとつ手に取れる奇跡に感激してしまった。

店内には数名ほど客らしき人影があった。皆、干渉されたくないのか、頭巾を深く被っている。

私みたいに、顔をさらしている者はいなかった。

外に騎士達を待たせてあるので、長居は禁物だ。ここにやってきたことにより、マップが解放されたので、後日ゆっくり買い物をすればいい。

今日は魔法菜の種だけ購入し、ささっと帰ろう。

魔法菜の種は大変希少で店頭に並んでいない。暗号を言ったら、店の奥から出してもらえるのだ。

カウンターには、先客がいた。すらりと背が高い、年若い男性のようだ。

「あー、ダメダメ。〝宵の国アーベント〟の通貨はここでは使えないんだよ」

「しかし、どうしてもこちらの品が欲しくて……」

何やら少し揉めているようだ。

話の内容から、魔法雑貨店で利用できる通貨を持ってこなかったのだろう。

ここでは魔法貨と呼ばれる特殊な通貨でしか買い物できない。両替はギルドで行っているのだが、知らない人は意外と多いようだ。

私も最初にここを偶然発見し、立ち寄ったときには、貴重なアイテムがザクザクあって喜んでいたのに、魔法貨を持っていなくて買い物ができなかったのである。

どこで魔法貨に換金できるか、というのはゲーム内で誰も教えてくれなかった。

私は攻略情報をサイトで調べ、ここでの取り引きについての情報を得たのだが、リアルな世界だと知る方法なんてないだろう。

なんだか気の毒に思えてきたので、青年に話しかけた。

「おい、私の魔法貨と換金してやろうか？」

青年は弾かれたように振り返り、私を見るなりハッと驚いたような表情を浮かべる。

話に夢中で、私の接近に気付いていなかったのだろう。

「困っているんだろう？」

「あ――はい」

「いくら必要なんだ？」

「一万ゴールドくらいです」

「ほら」

魔法貨を差し出すと、青年は慌てた様子で革袋に入った〝宵の国アーベント〟のお金を渡してきた。確認したら、たしかにある。

青年は魔法貨と引き換えに、目的の品が購入できたようだ。

「あの、親切なお嬢さん、本当にありがとうございました」

お嬢さんに見えていたようで、安心する。

私は気分よく、青年に言葉を返したのだった。

「困っているときはお互いさまだからな」

「――っ！」

何を思ったのか、青年は深く被っていた頭巾を外す。

切れ長の瞳に彫刻のように整った鼻筋、形のよい唇にほっそり締まった輪郭――信じがたいほどの美しい顔立ちが露わとなる。

肌は透けるような白さで、真珠のごとく輝いているように見えた。毛穴なんて、目を凝らしても見つからない。

私をまっすぐ見つめるエメラルドグリーンの瞳は澄んでおり、誠実さが滲んでいるように見える。

肩までの長さの銀髪は絹のごとくサラサラだった。

アーベント人の特徴である、ナイフのように尖った耳も現実世界では初めてみた。

〝パラダイス・エデン〟の攻略対象キャラである七騎士はイケメン揃いだったが、彼はそれ以上に美しい。絶世の美青年と呼んでも言い過ぎではないだろう。

思わず、見とれてしまった。

「お嬢さん、よろしければお名前を聞かせていただけますか？」

「私？　あー、それは、ヨ……シカ、じゃなくて、シーカで」

「シーカ！　美しい名前ですね」

青年は私の指先を掬うように手に取ると、触れるか触れないかくらいの口づけを落とした。

「また、どこかでお会いしましょう。その時にでも、改めて名乗らせてください」

青年はうっとりするような艶やかな微笑みを浮かべ、姿を消す。転移魔法で帰ったのだろう。

ポシェットに詰め込んでいたハムリンが顔を覗かせ、じっと見つめたのちにぽつりと呟く。

『あの魔力の気配、どこかで覚えがあるんだよお』

「知り合いか？」

『うーん、魔力が霞にかかっているようで、よくわからなかったんだよお』

あのような美貌の男を忘れるわけがなかろうに。精霊であるハムリンにとって重要視されるのは、見た目ではなく魔力の質なのだろうが。

それにしても、あれがアーベント人⁉　同じ人類とはとても思えない。

グラフィックで見るのと、現実世界で目にするのとは勝手が違うのだろう。

エデン姫や七騎士がやってくる前に、婚約破棄計画を立てていてよかった、と心から思った。

二度目の店主の咳払いを聞いて、やっとのことで目的を思い出した。

魔法菜の種を購入し、魔法雑貨店をあとにする。

そうして筋骨隆々・女装軍団と共に、王宮の裏口からこっそり帰宅したのだった。

翌日から、アダルウォルフと一緒に魔法菜を植えるため庭に出る。
「ヨシカ殿下、今日はボール遊びじゃないんですね」
「そうだ。終わったら遊ぼうか」

「はい！」

素直でかわいいアダルウォルフと共に、庭師が用意してくれた畑に魔法菜の種を蒔いていく。

今回、魔法雑貨店で購入したのは、比較的栽培が簡単な宝石ニンジンと、絹キャベツ、星ジャガイモだ。

細長く盛り上げた畝に種を蒔き、ふんわり土を被せる。

通常であればそこに水を撒いて終わりだが、魔法菜は魔力で育つ。そのため、種に魔力を付与させる必要があるのだ。

準備が整ったところで、ふと我に返る。

「魔力の付与って、どうやってやるんだ？」

アダルウォルフや庭師が知るわけもなく、キョトンとした表情でいた。

ゲームではボタンを押すばかりだったが、現実ではそうもいかない。

魔法というのはイメージの具現、魔力の変換で、詠唱はその手助けとも言われている。

ならば、気合いでどうにかなるのではないか。

なんて決めつけ、自分なりの付与魔法を使ってみた。

畑の前に手を掲げ、叫んでみる。

「魔力よ、付与せよ！！！！」

初めて使う付与魔法に対する気合いを感じていただきたいので、心なしか声は大きめに。

やる気を感じ取ってもらえたのか、畑に巨大な魔法陣が浮かび上がった。

土が盛り上がったかと思えば、すぐに芽が出てくる。

ここから少しずつ魔力を与えていけばいいのか、と考えていたが――。

「わー、ヨシカ殿下、どんどん成長しますね！」

「あ……うん」

宝石ニンジンと星ジャガイモの芽はぐんぐん伸び、葉が付いていって、花が開花する。絹キャベツは結球していった。

あっという間に、魔法菜は収穫可能な状態まで成長していった。

「な、なんなんだ、これは」

ゲームでも、最低三日間は魔力を付与しないと収穫できなかったのに。

アダルウォルフと庭師は魔法菜を前に、驚いている様子だった。

「ヨシカ殿下、このように美しいキャベツは初めて見ました」

たしかに、本物の絹に似たなめらかな葉が巻いている。収穫するため触れてみたら、まったく重くない。

かと言って中身が空っぽというわけでなく、ナイフで切ってみたら葉が幾重にも重なっていた。

ひとまず、味見をしてみる。外葉を剥(は)いで、内葉を千切って口にしてみた。

「な、なんだ、これは!?」

葉はシャキシャキと歯ごたえがしっかりあるが、舌触りはつるりとしている。噛めば噛むほど甘みと旨(うま)みを感じ、溶けるようにして口からなくなってしまうのだ。

「このような品のあるキャベツなど、これまで一度も食べたことがない」

アダルウォルフも気になっているようなので、食べさせてあげた。

「ヨシカ殿下、こちらのキャベツ、とってもおいしいです！　これだったら、たくさんいただけます！」

「そうか。それはよかった」

アダルウォルフは野菜を残しがちだとフックス伯爵夫人から報告が入っていた。獣人なので、肉を好むのは仕方がないと思っていたが、魔法菜ならば残さずに食べてくれそうだ。

出荷する目的で作る予定だったが、アダルウォルフのために栽培するのも検討しよう。

「アダルウォルフ、宝石ニンジンもきれいだから、収穫してみるといい」

「はい！」

アダルウォルフはわくわくした様子で、宝石ニンジンを引き抜いていた。

「――わ！」

そこまで力をかけずとも、引き抜けたらしい。

泥はいっさい付着しておらず、きれいな状態で収穫できたようだ。

形こそニンジンそのものだが、オレンジ色の宝石みたいな輝きを放っていた。

「ヨシカ殿下、こちらはどうやっていただくのですか？」

「そのままが一番おいしいらしい」

サラダに入れたり、スティックにして食べたり、和え物にしたり。

見た目がとても美しいので、たしか貴族の女性に絶大な人気を誇っていたと思う。

最後に、星ジャガイモを収穫する。

これも、最初の収穫はアダルウォルフにやらせた。

「よいしょ、っと！」

根っこを引っ張ると、ジャガイモがいくつも連なっていた。

「これは、普通のジャガイモみたいですね」

「それは中身が特別なんだ」

土を払って、星ジャガイモをナイフで半分に切る。

すると、切り口が星のように輝いていた。

「わっ、眩しい！」

「夜空の星みたいにきれいだろう？」

アダルウォルフは目を手で覆いつつ、こくこくと頷く。

そんなわけで、魔法菜は普通の野菜とは異なり、美しさとおいしさに特化した物だということがわかった。

皆で協力して収穫し、木箱に詰める。

これだけあれば、十万ゴールドくらいにはなるだろうか。

せっせと作って売っていけば、三年後には大金になっているに違いない。

「ヨシカ殿下、魔法菜はどうなさるのですか？」

「一部は自分達で消費して、残りは売りに出そうと考えている」

アダルウォルフは魔法菜を気に入ったようで、また食べられると喜んでいた。

ひとまず、自分達で食べる分は厨房に運んでもらうよう、庭師に頼んだ。

「あとは出荷だな」

アダルウォルフと目が合う。そういえば、作業が終わったらボール遊びをする約束をしていた。

「先にボール遊びをしようか」

「いいえ、ヨシカ殿下の用事を済ませてください。僕は待っていますので」

「いいのか？」

アダルウォルフはこくんと頷く。

頭をわしわしと撫でつつ、いい子に育っているなと内心思う。

「では、急ぐから、自分の部屋で待っているように」

「はい！」

アダルウォルフがてて、と走って帰るのを確認してから、外套の頭巾を深く被る。

転移マップを開いて魔法雑貨店へ転移した。

魔法菜を買い取ってもらうために店に持ち込んだのだが、店主は仰天していた。

「あ、あんた、さっき魔法菜の種を買って行った人だろう？」

「え、わかるんだ？」

「入店は魔力で管理しているから、姿を偽ってもわかるに決まっている」

「ああ、なるほど」

「まさか、今日一日でこれを育てたのか？」

「そうだが？」

店主は白目を剝き、しばし硬直していた。大丈夫かと声をかけると、ハッと我に返ったようだ。

「いやしかし、たった一日で作った魔法菜など、見目が悪く中身もスカスカで、味も大したことないだろう」

ぶつぶつ言いながら、店主は魔法菜が入った木箱を開封する。

「こ、これは――⁉」

木箱の中の魔法菜は宝石のようにキラキラ輝いていた。

「いや、でも、見た目だけだろう。そういう魔法菜でも、充分需要はあるが――」

店主はペンダントのように吊していたルーペで魔法菜を覗き込む。おそらく品質を調べるアイテムなのだろう。

「まさか‼」

大きな叫びが店内に響き渡る。

「品質も最高級だなんて！　お前、これをいったいどうやって栽培したんだ？」

「別に、普通に魔力を付与させただけだが」

「ありえない‼　このように見た目と味を両立させた魔法菜を作ろうとしたら、最低でも一年は魔力を付与し続けなければならないぞ！」

そう言われても、できてしまったのだから仕方がない。

「仮に一年かかって完成させたとしても、魔力が尽きて身動きなんぞ取れないはずだ。それくらいに、最高級の魔法菜だ！」

自覚はなかったものの、どうやら私はとんでもない量の魔力の持ち主だったらしい。

幻術しか適性がないのが悔やまれる。

「魔力を登録したときに、魔力量もわかるものだと思っていたのだが？」

「あれはあくまで個人の魔力を登録しておいて、この店の道具が悪用されたときに、情報を提供できるようにしているものだ。魔力量を測定する代物ではない」

「なるほど」

何はともあれ、魔法菜は極上の品だということがわかった。きっといい値が付くだろう。

「で、これはいくらくらいになりそうなんだ？」

「ざっと見て、一千万ゴールドくらいだ」

「は⁉」

一千万ゴールドあれば、三年間は暮らしていけるような金額である。

十万ゴールドくらいで買い取ってもらえたらいいと考えていたのに、そんな値段が付くなんて

……！

「すぐに買い手が現れるだろう」

店主がしっかり査定をしたところ、一千二百万ゴールドの買い取り価格が付いた。

魔法貨なので、ギルドで換金してもらわなければならないだろうが。

「魔法銀行の口座は持っているか？」

初めて耳にする組織だ。詳しい話を店主から聞いてみる。

「魔法銀行というのは魔法貨を預けたり引き出したりできる機関で、さまざまな国に支社が存在する。金の持ち運びをする必要がなく、本拠地は〝宵の国アーベント〟に置いているが、世界各国にある魔法雑貨店で口座を作ることができ、うちの店にも設置されている魔導金庫で金の出し入れができる」

それ以外に、年に三回ほど利息も付くらしい。なかなか便利でよさげな条件だ。

「へー、いいな」

地球にある金融機関や自動窓口機械みたいなシステムがあるようだ。というか、魔法雑貨店がチェーン展開しているなんて知らなかった。

何はともあれ、稼いだお金を魔法貨で貯金していたら、追放されたさいに使いやすいだろう。

さっそく、口座を作ることにした。

とは言っても、銀行のように個人情報を提出するわけではないらしい。

「魔力を登録すれば、それで完了だ」

なんでも魔力の質は指紋のようにひとりひとり違うようで、本人を特定するのに有効らしい。

店の奥にある魔導金庫に手をかざすだけで、魔力を読み取ってくれるようだ。魔導金庫は郵便ポストくらいの大きさで真っ黒。手を差し伸べると、魔法陣が浮かび上がった。

「魔導金庫の上に魔法貨を置いて手をかざすと、口座に貯金される。引き出したいときは、手をかざしながら金額を口にするだけでいい」

手元にある魔法貨で試してみたら、本当に貯金したり、引き出せたりした。とてつもなく簡単である。

「貯金額を知りたいときは、〝貯蓄(アオーロ)〟と唱えたら、魔導金庫の前でなくても魔法陣が浮かび上がって、金額を教えてくれる。どれ、魔法菜の報酬を入金してみるから、確認するといい」

店主は口座間で魔法貨を振り込んでくれたようで、すでに入金が完了しているという。

教えてもらった呪文(じゅもん)を唱えると、貯蓄額が浮かんできた。

「一千二百万ゴールド――たしかに入金されてる！」

なんて便利なシステムなのか。銀行よりも手軽で使い勝手がいい。

これさえあれば、資金の管理もしやすいだろう。

「店主、感謝する」

「それはいいんだが、次の魔法菜の入荷はいつくらいになりそうだ？」

「え？」

「実は、この魔法菜を売りに出したら、瞬時に完売してしまって」

「ああ」

魔法雑貨店にはオンライン通販のようなシステムもあるらしい。そこに魔法菜を出したところ、即完売したようだ。

「いつかは約束できないが、近いうちにまた再訪しよう」

「感謝する」

そんなわけで、初めての魔法菜作りは大成功だった。

それからというもの、私はせっせと魔法菜を作り続けた。とは言っても、毎日出荷しているわけではない。

あまりにもたくさん魔法菜を栽培してしまうと、価格が暴落してしまう。また、貴重なはずの魔法菜の嗜好家達も飽きてしまう可能性があるのだ。

そのため、なるべく焦らしつつ、魔法菜を作って納品していった。

現在の貯金額は一億ゴールドくらいだろうか。これだけあれば、追放後もしばらく楽して暮らせるだろう。

あまりにも順調にお金が貯まるので、ここから逃げて、魔法菜農家として生きるのはどうか、と考えてしまう。

魔法雑貨店の元締めである魔法協会に相談したら、保護してくれるに違いない。利用される可能性はなきにしもあらずだが、七騎士に命を狙われるよりはマシだろう。

もちろん、アダルウォルフが望んでくれたら、一緒に連れて行きたい。

アダルウォルフのことは、ハインツが成長するまでの中継ぎ王なってもらおう、と考えていた。

けれども一緒に生活するようになってからというもの、即座にその考えは捨てていた。

こんなに愛らしい子を見捨てて、自分だけ逃げるわけにはいかなかった。

可能であれば、アダルウォルフも連れていこう。となると追放されるまで、最低でも二億ゴールドは貯めておきたい。

追放ビジネスについて考えるのはここまでだ。今日は〝宵の国アーベント〟から外交官が来訪してくる。

当初は第二王妃と会談する予定だったが、急遽外交長官もやってくることになり、私と話がしたいと望んできたようだ。

第二王妃ではなく、私をわざわざ指名してくるなんて、謎でしかない。

それ以上に、〝宵の国アーベント〟の外交長官を迎えるのは史上初である。

大臣達だけでなく、第二王妃も緊張していた。

長年、〝暁の国ゾンネ〟と〝宵の国アーベント〟はつかず離れずの関係にあった。

仲がいいわけでもなければ、悪いわけでもない。

国土や軍事力は〝暁の国ゾンネ〟が大きい。一方、〝宵の国アーベント〟の国土は小さいものの、鉱物や魔石から得られるエネルギー産業など、他国が喉から手が出るほど欲している物を数多く所有しているのだ。

これまで侵攻を受けても占領されなかった理由は、強力な魔法騎士の存在が大きいだろう。ひとりの騎士が兵士百人分にも匹敵する、巨大な戦闘能力を有しているのだ。

ちなみにエデン姫を守護する七騎士は、魔法騎士の中でも特別な存在。たったひとりで兵士千人分の戦闘能力を持つという、めちゃくちゃな設定だった。

そんなエデン姫に婚約破棄を突きつけなければならない王太子ヨシカというキャラクターは、物語のサンドバッグと言っても過言ではないだろう。

王太子ヨシカに転生している身であるものの、心から気の毒になってしまった。

……と、〝パラダイス・エデン〟のとんでもない世界観に思いを馳せている場合ではない。外交に集中しなければ。

おろしたての服に身を固め、胸ポケットにはハムリンを詰め込む。

何度も作り笑いの練習をし、外交官がやってくるのを王城のエントランスホールで待ち構える。

使節団一行の到着五分前に、第二王妃も登場した。

「ヨシカ王太子殿下、この度は外交長官をお招きいただき、ありがとうございました。素晴らしい外交手腕です」

「あー、いや、まあそうだな」

別に私が外交長官を呼んだわけではない。

相手が勝手に私を名指しし、会いたいと言ってきたのだ。目的は謎でしかない。

「これから、外交はヨシカ王太子殿下にお願いしましょうか」

「いやいや、王妃殿下の手腕には敵わない。今回は本当に運がよかっただけだ」

これ以上、仕事を増やされても困る。それに近い将来、国を出る予定なので、安請け合いするわけにはいかなかった。

それにしてもなぜ、外交に私を巻き込んでくれたのか。いい迷惑である。遠回しにでも、抗議したい。

第二王妃がやってきて気まずくなる中、ひたすらご一行の到着を待つ。

外交使節団はなんと、竜に乗ってやってくるらしい。

〝暁の国ゾンネ〟で竜といえば伝説上の生き物で、絵本にのみ登場する。

一方、〝宵の国アーベント〟では竜は気さくな友、という関係らしい。

竜に跨がって空から敵を討つ、竜騎士という存在もいるそうだ。

魔法騎士に竜騎士に、そんな存在がいるから、〝暁の国ゾンネ〟はあっさり滅ぼされてしまうのだな、と改めて思ってしまった。

今日、外交長官相手に失礼でも働いたら、一発で追放になるだろう。

ただ、同時に国家間の問題にもなり、戦争に発展しかねない。

私の生き延びたいという願望を叶えるために、国や国民を巻き込むわけにはいかなかった。

はあ、とため息を吐いたのと同時に、侍従が声をあげた。

「〝宵の国アーベント〟の使節団一行、ご到着‼」

騎士達が扉を開くのを、ドキドキしながら待つ。

ギイイイイと重く硬い扉の音がエントランスに鳴り響く。

使節団一行が登場したものの、逆光なので顔はよく見えない。

先頭にいた人物が、コツコツ、と足音を立ててやってきた。

エントランスの中に入ると、その姿が明らかになる。

波打ったきれいな銀色の髪に、磁器人形(ビスクドール)のような整った顔立ち、エメラルドのように澄んだ瞳を持つ美少女——見間違えるわけがない。

彼女は〝パラダイス・エデン〟の主人公である、エデン姫だった。

目と目が合い、絶句してしまう。なぜ彼女がここに？

内心うろたえていると、エデン姫はスカートを摘まんで頭を下げる。

「ヨシカ王太子殿下、初めてお目にかかります。わたくしは〝宵の国アーベント〟の第七王女、エデン・ド・カントルーブ、と申します」

なぜ？　なんで？　なにゆえ？　いかなる理由で？　どんないきさつから？

この世のありとあらゆる〝どうして？〟の類語が脳内に押し寄せてくる。

エデン姫とこうして顔を合わせるのは三年後のはずだったのに。

今、愛らしい顔で私の目の前に立っている。

戸惑う私の前に、エデン姫は一枚の羊皮紙を広げた。

「〝暁の国ゾンネ〟には〝宵の国アーベント〟の友好の証として、〝魔法石〟一千個の寄贈と、魔石を優先的に輸出するようにいたします」

魔法石というのは、魔石千個分に匹敵する強大なエネルギー源である。魔法石がたったひとつあ

るだけで、王都の灯りが一か月維持できるほどの力を持っている。

さらに〝宵の国アーベント〟産の良質な魔石を優先的に購入できるならば、我が国も大助かりである。

呆然とする私に、第二王妃の侍従のひとりがペンを握らせた。

まだ、理解が追いついていないので署名できないでいたら、第二王妃がやってきて肩をポン！と叩いてくる。けっこう力が籠もっていた。

それで我に返った私は、エデン姫が持ってきた羊皮紙に名前を書き綴る。

ワーッと歓声と拍手が上がった。

「え、なんでエデン姫がここに？」

私の疑問に、エデン姫が答えてくれた。

「申し遅れました。私は外交長官も兼任しておりまして、外交使節団が派遣されると耳にし、同行を名乗り出たわけなのです」

「そう、だったのか」

私が気の抜けた返事をしても、エデン姫以外、誰も聞いている様子はない。

ここで、急に前世の記憶が甦る。そういえば、エデン姫は外交長官を兼任していた、という裏設定がファンブックに書いてあったような。

どうやら私に戻った前世の記憶は完全ではないらしい。

なんてことを考えていたら、急に背筋がゾッとする。

「ん？　なんか寒気がするな」

ここで、鋭く刺すような視線に気付く。

エデン姫の背後には、七名の騎士が佇んでいるではないか。

「ヒイ、七騎士!!」

エデン姫について考えるあまり、七騎士についてすっかり失念していた。

思わず悲鳴をあげてしまう。エデン姫はすぐに七騎士が私に視線でケンカを売っているのを察したようで、振り返って「めっ!!」とかわいらしく怒っていた。

あんなにかわいらしく言われたら、デレデレになるに違いない。

けれども、七騎士の表情がみるみるうちに青ざめていく。

そして竜を前にしたトカゲのように、一瞬にして萎縮してしまった。

さすが、〝パラダイス・エデン〟の主人公。頼りになる。

ここで第二王妃がパンパンと手を叩き、場を鎮めた。

「エデン姫、初めまして。〝暁の国ゾンネ〟の王妃である、ゲートルートと申します」

「第二王妃、お会いできて光栄ですわ！」

エデン姫は天真爛漫な表情で、言葉を返す。

〝第二王妃〟は我が国では声に出してはいけない言葉、第一位に輝いていた。

もともと、第二王妃という概念は存在しない。

亡くなった母の次に国王に嫁いだので、第二王妃と囁かれるようになったのだ。

初めは単にふたりを区別するための言葉だったが、本人はよく思っていなかったようで、うっかり口にした大臣を解雇にしたのは有名な話である。

第二王妃の口元が一瞬だけピキッと引きつったように思えたが、すぐに優美な微笑みに変わった。

女同士の目には見えない緊張の糸が張り詰めているような気がして、慌ててふたりの間に割って入る。

「立ち話もなんだから、エデン姫、一緒に茶でも飲もうか！」

エデン姫の肩を抱き、有無を言わせずに客間へ案内する。

すれ違いざま、傍に控えていたヴォルフ公爵夫人に茶と菓子の手配を頼んだ。

七騎士がエデン姫のあとに続く。彼女に見えないからと言って、思いっきり睨んでいるに違いない。背中に視線がグサグサ突き刺さっているように思えてならなかった。

客間に到着すると、エデン姫は七騎士に廊下で待つように命じる。

それに異議を示したのは七騎士の隊長であり、剣の騎士であるオルグイユだった。

彼は金髪に赤い瞳を持つ見目麗しい青年だが、非常に短気なのが玉に瑕である。

「エデン姫、その者は信用なりません！　俺ひとりでも、お傍に置いてください！」

「いいえ、結構です」

「しかし！」

「必要ありません」

静かな一言だったが、オルグイユは顔を引きつらせ、一歩、一歩と下がっていく。

いったいどういう表情で命じたものか。見てみたいような、恐ろしいような。

くるりと振り返ったエデン姫は、愛らしい笑みを浮かべて言った。

「護衛が申し訳ありません。実力は確かなのですが、子猫のように奔放でして」

七騎士のどこが子猫なのか。凶暴な魔物、キラーキャットにしか見えないのだが。

彼らを子猫扱いするエデン姫に対し、恐ろしい子……と思ってしまう。

ひとまず座るように勧め、私も腰かけた。

「ヨシカ王太子殿下、突然押しかけてしまい、申し訳ありません」

「いや、驚いた。どうして事前に知らせてくれなかったのだ?」

「それは――以前、祝賀会を中止にする、という連絡をいただいていたものですから、もしかしたらわたくしに会いたくないのでは、と思ってしまったのです」

ドンピシャに心理を読まれていたので、心臓が大きく脈打つ。

「しかしながら、外交長官としてならば、歓迎いただけると考えたものですから」

「いや、なんていうか……」

これまでゲームで培った恋愛テクニックを総動員させる。

それだけではどうにも足りず、漫画やドラマ、アニメなどの知識もかき集めてきた。

その結果、絞り出すように言葉を伝えた。

「私みたいな者には、エデン姫はもったいないほどの素晴らしい女性だと思っていて……。今、未熟な状態では、会うわけにはいかない、と考えた結果だった」

「まあ！　そうでしたの。もったいないだなんて、そんなことはありません。わたくし自身も、未熟な存在なのです」

どこが⁉　と強く聞き返したくなる。

完璧な美貌に、立ち振る舞い。七騎士を従える実力に、外交長官としての手腕。

どこを切り取っても彼女は立派で、堂々としていた。

未熟だなんて言葉はまったくもって似合わないだろう。

「祝賀会の中止を耳にしたとき、わたくしはヨシカ王太子殿下にふさわしくないのではないか、と悩みました」

誰だ、彼女の心を煩わせる奴は！　と憤る気持ちが爆発したものの、その不届き者は誰でもない、私自身であった。

心の中で百万回謝る。

「しかしながら、ヨシカ王太子殿下からいただいた楽譜を見た瞬間、わたくしを想ってくださっていると確信しました」

な、なななななんと、自作のラブソングがエデン姫の心に深く響いているではないか！

どうしてこうなった⁉

神に尋ねても、答えが返ってくるわけがなかった。

「わたくし達は、もっともっとわかり合う必要があると感じました」

それで、使節団一行と共に〝暁の国ゾンネ〟にやってきたというわけである。

「しばらく滞在させていただいて、この国についてもお勉強したいです」

立派な心持ちに、拍手してしまう。心の中で、盛大に号泣しながら……。

「ただ、ご迷惑かもしれない、と思って、事前に調べてきたんです」

いったい何を？　と聞く前に、エデン姫は喋り始める。

「ヨシカ王太子殿下、〝占い花〟はご存じですか？」

占い花——それは〝パラダイス・エデン〟のミニゲームで栽培できる魔法の花だ。

これも、魔法菜同様、魔力を注いで育てるのだが、大量に栽培できる代わりに買い取り価格は一本五千ゴールドほどと低い。

ちなみに店頭販売価格は一万ゴールドである。

八千ゴールドで買ってくれる裏業者がいるのだが、魔法雑貨店に密告されると二度と取り引きできなくなるので注意が必要だ。

そんな占い花であるが、用途は相手の気持ちを調査するために使う物である。

好き、嫌い、と言いながら花びらを一枚一枚千切っていき、最後に残ったのが本心だというわけだ。普通の花でなく占いアイテムなので、当たる確率は極めて高い。

「好きか、嫌いか、調べることができる花なのですが、それでヨシカ王太子殿下のお気持ちを調べてまいりました」

結果——好き、ということがわかったらしい。

「安心して、今日はやってくることができたのです」

「そ、そうか」

たしかに、エデン姫の美貌を嫌いと言う者なんていないだろう。ゲームの主人公に設定されているとあって、とんでもない美少女である。

前世でもエデン姫はゲームの主人公としては異例の人気っぷりで、フィギュアや添い寝枕、キャラクターソングなど、出す商品はすぐに完売。転売も横行し、阿鼻叫喚(あびきょうかん)の騒ぎになっていた。

元の王太子ヨシカの境遇はひとまずおいておくとして、個人的にエデン姫は大好きだった。

七騎士との恋愛要素さえなければ、何周も楽しんでいたゲームだっただろう。

「ヨシカ王太子殿下にお会いできて、本当に嬉しいです」

「あー、名前の呼び方は、ヨシカでいい」

「ヨシカ様?」

小首を傾げ、聞き返す様子は愛らしいの一言だった。

彼女とならば、幸せになれそう――なんて考えていたら、私の胸をポカポカ叩くハムリンの様子に気付いた。

そうだ、エデン姫にデレデレしている場合ではない。

彼女に好かれた結果、私に待っているのは破滅の道である。どうにかして彼女からの婚約破棄を促し、国外追放を受ける身にならなければいけない。

ほのぼのお喋りしていたら、彼女のペースに巻き込まれてしまうだろう。

「えー、その、エデン姫。この度は〝暁の国ゾンネ〟のために、手を尽くしてくれたこと、心から感謝する。我々はあなたを歓迎しよう。好きなだけ滞在するといい」

「ヨシカ様、ありがとうございます！」

ひとまず夜に外交使節団の歓迎パーティーをする予定だが、愛人達を引き連れて参加する予定だ。

これはエデン姫の私に対する株を下げるのと同時に、第二王妃や大臣達を失望させ、追放に向かって大きな一歩になる作戦である。

この愛らしい彼女はいったいどういう反応を示すものか。まったく予想がつかなかった。

「疲れただろう。ではまた夜に」

「はい」

これから最低最悪のクズムーブを披露する予定の私を、エデン姫は笑顔で見送ってくれた。

良心がズキズキ痛むが、ここをなんとか乗り越えないと、待っているのはデッドエンドである。

やるしかない、やるしかない、と呪文のように繰り返しながら、マップ移動で客間をあとにした。

七騎士を避けるために、直接執務室に戻ってきた。

当然ながら、先ほどの挙動についてハムリンに文句を言われてしまう。

『どういうことなんだよお！　なんでエデン姫を前に、デレデレしていたんだよお！』

「いや、なんていうか、想像以上に実物のエデン姫がかわいかったから」

〝パラダイス・エデン〟は一周しかプレイしていないが、その一回はかなりやりこんでいた。五百時間はプレイしていただろうか。

ひたすらミニゲームを極め、お金を稼いでアイテムを集めまくっていた。

ゲーム上で長い時間を過ごしたエデン姫には、思っていた以上に愛着が湧いていたのだろう。

「エデン姫、ゲームのグラフィック以上にかわいかったな」

『惑わされたら、ダメなんだよお』

「わかっている。わかっているが……」

人気芸能人を前にした一般人のような状態と言ったら理解してもらえるだろうか。

これまでにないと思っていたミーハー心が、ここぞとばかりに解放されてしまった。あのエデン姫を前にしたら、誰だって平常心ではいられない。そうに決まっている。

「安心しろ、ハムリン。夜になれば、誰もが目を疑うようなクズ男っぷりを見せてやろう」

『しっかり頼むんだよお』

それまで仕事をしよう。そう思って椅子に腰かけた瞬間、天井から大きな塊が降ってきた。

「――っ⁉」

魔法陣が浮かんだ杖を私に突き出す、黒衣に身を包んだ長髪の男。銀縁の眼鏡がキラリと輝いていた。

「お、お前は⁉」

七騎士のひとり、杖の騎士のアンヴィである。

「あなた、エデン姫に色目を使いましたね？」

「いきなり何を言っているのだ！」

呆れた一言を返してから、そういえばと思い出す。

この男が司る感情は、〝嫉妬〟。つまり、エデン姫と私の関係を不快に思っているのだ。

ただ、いきなり攻撃を仕掛けるのはどうなのか。下手したら、国家間の問題になりかねないのに。

……というか、土足で執務机に乗らないでほしい。書類に思いっきり足跡が付いていた。

廊下に待機していた騎士が、私の異変に気付いたようだ。どたどたと押しかけ、アンヴィに剣を向ける。

「ヨシカ王太子殿下から離れろ！」

「この不審者め！」

「やめろ！　引け！」

とっさに騎士に命令する。

七騎士なんぞまともに相手にしていたら、騎士が何人いても足りない。

護衛騎士達は私の女装にも付き合ってくれる、気のいい仲間達だ。失うわけにはいかなかった。

「お前はエデン姫の騎士で間違いないな？」

「そうですが」

「いったい何が目的なんだ？」

命以外なら差し出そう。そう宣言し、取り引きを持ちかける。

「二度と、エデン姫に触れないでいただきたい」

「えー……」

これから彼女をエスコートする大役を担っているのだが。

もしも約束を破ったら、この男は即座に私を始末しにやってきそうだ。

どう言葉を返そうか、迷っていたら遠くから声が聞こえた。

「アンヴィ‼」

金糸雀（カナリア）のような美しい声で叫ぶのは、エデン姫だった。

肩で息をしながら、私の執務室へと飛び込んでくる。

名前を呼ばれたアンヴィは、とろけそうな笑みを浮かべていた。

七騎士を連れ戻しにきてくれたのか。ありがたい。

エデン姫は私に向かって会釈すると、優雅に歩み寄ってくる。

アンヴィは執務机の上で、うっとりエデン姫に熱視線を送っていた。

エデン姫はアンヴィへ手を伸ばすと――腕を掴んで思いっきり引っ張った。

「え？」

アンヴィの体は空中で一回転して、床に叩きつけられる。

エデン姫は私に背中を向けているので、どんな表情かはわからないまま。

それだけで終わらない。

エデン姫はアンヴィへ、酷く優しげな声で話しかけた。

「あなたは、ヨシカ様の前で痴態（ちたい）を晒した、とてつもない愚か者です」

「は……はい、私は、愚か者です」

「わかっているのならば、ヨシカ様に謝罪し、反省してください」

「はい、もちろん。ヨシカ王太子殿下、本当に申し訳ありませんでした。反省しております」

アンヴィは寝転んだ体勢のまま、私に謝罪していた。

あの七騎士が素直に謝ってくるなんて。エデン姫の躾はすばらしい。

「今後、あなたがヨシカ様に手出しをしようとしたら、七騎士から外し、地獄へ突き落として差し上げます」

アンヴィは涙目になりつつ、こくこくと頷いていた。

続いてエデン姫は手にしていた魔法札をアンヴィに貼り付ける。すると、彼の姿は一瞬にして消えていった。

転移魔法を瞬時に展開できる魔法札だったのだろう。

そこまでしなくてもいいのでは、と思ってしまったのだが……。

まあ、七騎士は猛犬揃いなので、あれくらいしないと言うことを聞かないのだろう。

何はともあれ、一瞬にして解決してくださった。感謝でしかない。

振り返ったエデン姫は、眦に真珠のような涙を浮かべていた。

先ほど見ていた光景は幻だったのか、と思うほど儚げな様子である。

「ヨシカ様、わたくしの騎士が、大変な失礼を働いてしまいました」

「いや、大きな被害はなかったから、気にするな」

書類の足跡は消しゴムで消えるだろう。たぶん。

「七騎士はわたくしを守るために、なりふり構わない手段を使うことがありまして……。今後、このような事態が起きないよう、しっかり躾をいたします」

「まあ、ほどほどに」

と、ここで気付く。エデン姫は唇を切っているようだった。

鎧をまとった騎士をぶん投げたので、そのときにうっかり傷付けてしまったのだろう。

執務机に新品の軟膏を入れていたのだ。それを持って彼女のもとへと向かう。

「エデン姫、唇を切っている。軟膏を塗るといい」

「あ、いえ、わたくしは平気です！」

「そんなことはないだろう。新品未使用だから、気にしないでくれ」

遠慮するので、蓋を開けて軟膏を指先で掬う。失礼と声をかけ、エデン姫の唇に塗ってあげた。

唇に触れた瞬間「やわらか！」と思ったのだが、邪念はすぐに頭の中から追い出す。

「これでよし――」

エデン姫の頬が真っ赤に染まっていた。

ぜんぜんよくなかった。

彼女はお姫様である。異性との密な接触はこれまでしていなかったはずだ。

正確に言えば同性同士なのだが、エデン姫は私を男だと思い込んでいる。

そんな中で私は彼女に触れてしまった。その罪は大きい。

「すまない。軟膏を塗るのは、侍女に頼めばよかった」

「いいえ、あの、はしたないと思われるかもしれませんが、とても嬉しかったです」

本心のようなので、ホッと胸をなで下ろす。

いくら許してくれたからといって、先ほどのように気安く触れていい相手ではない。これからはなるべく傍に寄らないようにしなければならないだろう。

「えー、では、部屋まで送ろうか?」

「ありがとうございます」

七騎士の襲撃から救ってくれたエデン姫を、部屋まで送り届ける。

執務室を出た瞬間、アンヴィ以外の七騎士がずらりと並んでいたのでギョッとした。

彼らがエデン姫の傍を離れるはずがないのだ。

自分が口にした発言を撤回して、エデン姫を任せたかった。

しかし発言には責任を持たないといけない。

針のむしろに座るような睨みを背中に受けながら、エデン姫を客間まで送り届けたのだった。

夜になり、パーティーが始まる。

純白の正装に袖を通し、髪型もきちんと整えた。

愛人達も珍しく着飾っている。あとで合流しよう、と一時的に別れた。

エデン姫を迎えに行くと、真珠があしらわれたパウダーブルーの愛らしいドレス姿で現れたではないか。

「ヨシカ様、お待たせしました」

美形揃いの七騎士を引き連れ、エデン姫はにっこり微笑んだ。

先ほどまで私のことを敵対視し、全力で睨みつけていたのだが、今は目を伏せて大人しくしている。どうやらアンヴィだけでなく、七騎士全員を躾けてくれたようだ。

七騎士に睨まれるたびに、胃がしくしくと痛んでいたので、エデン姫には感謝の気持ちしかない。

「エデン姫、とてもきれいだ。まるで夜空に瞬（またた）く星のよう」

「ヨシカ様も天空を翔（かけ）る竜のように凜々（りり）しく、美しいですね」

思いがけず褒められてしまった。デレデレと照れてしまいそうになるが、胸ポケットのポケットチーフ代わりに入っているハムリンが、ゴホンゴホンと咳払いしてきた。

きちんと作戦に集中しろと言いたいのだろう。ちゃんとわかっている。

「では、行こうか」

「はい」

手を差し伸べると、エデン姫は指先をそっと重ねてくる。

桜貝のような小さい爪がかわいらしい。そんなことを思いつつ、エデン姫の華奢（きゃしゃ）な手を握った。

パーティーにはすでに大勢の招待客がいた。

侍従が私達の到着に気付くと、仰々（ぎょうぎょう）しく名前を叫んだ。

「〝暁の国ゾンネ〟の王太子、ヨシカ殿下。及び、〝宵の国アーベント〟の第七王女エデン殿下。双方のご入場です‼」

皆の視線が一気に集まる。七騎士を引き連れていることもあって、これまでになく目立っていた。

エデン姫とすれ違った人々は、男女問わず熱いため息を吐いていた。

彼女は性別問わず、魅了してしまうのだろう。

私はきっと、エデン姫の付属品か何かだと認識しているに違いない。それでもいいと思ってしまう魅力が、彼女にはあるのだ。

我が国の貴族達が、エデン姫に取り入ろうと続々とやってきた。

そのせいで、私の愛人軍団が近付けずにいる。

ヴォルフ公爵夫人に「早くこっちに来い！」と目線で合図を送ったものの、無理だと首を横に振られてしまった。その辺は、気合いでどうにかしてくれると考えていたのに。

集まってくるのは貴族だけではなかった。

礼装に身を包んだアーベント人の男性が、にこやかな様子で近付いてくる。

「ヨシカ殿下、お会いするのは初めてですね」

「お前は――――？」

エデン姫が耳元で囁いてくれる。

「外交次官の、レイク・ド・ポワソンですわ」

「ああ、彼が」

書面では何度もやりとりした覚えのある人物だった。こうして面と向かって話していると、不思議な気持ちになる。

「いやはや、〝暁の国ゾンネ〟はすばらしい国ですね。太陽が昇らない〝宵の国アーベント〟とは大違いです。実に羨（うらや）ましい限りですな」

「私は〝宵の国アーベント〟の豊富な資源を、羨ましく思っているのだがな」

「そうでしょうか？　どんな価値がある物も、世界樹の存在には勝てないでしょう」

世界樹が各地にあったらいいのに、とポワソン次官はうっとりした様子で話している。

皆、ない物ねだりしながら生きているのだな、としみじみ思ってしまった。


一時間ほど経ち、楽団が登場した。ダンスの時間となるようだ。

ここだ！　と判断し、エデン姫の手を取って、愛人達のもとへ連れて行こうとした。

けれどもなぜか、周囲の人達が拍手する。

「お似合いのふたりが式典舞踏（セレモニー・ダンス）を行うなんて、すてきですわね」

近くにいたどこぞの夫人の言葉を聞き、ハッと我に返る。

こういった場では、主催が最初にダンスをしなければならないのだ。すっかり忘れていた。

改めてエデン姫を振り返り、ダンスに誘う。

「エデン姫、私と踊っていただけるだろうか？」

「はい、喜んで」

エデン姫は恥ずかしそうに頬を染めつつ、頷いてくれた。

　あまりにもかわいくて、額にぶわっと汗を掻いてしまう。

　胸ポケットからポケットチーフを取り出して額を拭(ぬぐ)おうとしたが、よく見たら握っているのはハムリンだった。私のまさかの行動に目を丸くしている。

　軽く会釈をし、再び胸ポケットに詰め込んだ。

　危うく精霊で汗を拭くところだった。

　そもそも汗を拭っている暇などない。ダンスに集中しよう。

　ここ一か月ほど、ハーン子爵夫人を練習相手にし、ダンスの特訓を行っていた。

　何度も足をもつれさせながらも、前世の学生時代に行ったフォークダンスを思い出しながら頑張ったのだ。

　エデン姫を会場の中心まで誘(いざな)い、互いに頭を下げる。

　手と手を取り合うと、楽団の演奏が始まった。心地よく奏でられるワルツであった。

　頭に叩き込んだステップを踏みながら、ゆったりなめらかに踊っていく。

　エデン姫と視線を合わせ、瞳で会話するのも忘れない。これらは、ダンスを教えてくれたハーン子爵夫人が指導してくれたことだ。

　ダンスに興味がなかったり、義務的にステップを踏んだりしていると、相手にバレるらしい。

　全力で楽しむように、というのがもっとも重要なアドバイスだった。

　エデン姫の小さな手を握り、ぬくもりを感じる。

　すると、彼女がゲームのキャラクターではなく、生きているひとりの女性だ、というのを実感してしまった。

これから彼女を失望させ、時には悲しませる瞬間もあるかもしれない。

それを思うと、心がズキズキ痛んだ。

けれどもやるしかない。それが、世界と私の運命を助けることになるのだから。

それにしても、エデン姫は実に楽しそうに踊ってくれる。天真爛漫とは、彼女のためにあるような言葉だ。

一瞬、エデン姫がアンヴィを机から引きずり落としただけでなく、しっかり踏みつける様子が脳裏を横切った。

いいや、エデン姫がそんなことをするわけがない。私の見間違いだろう。

ワッと周囲からの歓声で我に返った。

すでにダンスは終わっていて、無意識のうちにエデン姫と共に頭を下げていた。

一曲、五分程度だろうか。普段、こういう時間は永遠のように長いのに、どうしてか今日は、あっという間だったので驚いてしまう。

エデン姫の肩を抱いて会場の端に避けると、入れ替わるようにして参加者達のダンスが始まった。

パーティーの開始からダンスまで怒濤の勢いだったからか、エデン姫は私にぐったりと身を寄せていた。きっと疲れたのだろう。

給仕が飲み物を差し出してくれたが断った。

「エデン姫、別室で少し休んだほうがいい」

「いいえ、平気です」

「しかし、顔色が悪いようだ」

そう言うのと同時に、額に手を当ててみる。かなり火照(ほて)っているように思えた。

「あ――」

エデン姫は私を見上げ、頬をカーッと赤く染めた。

そんな様子を見て、慌てて彼女に接触した手を引っ込める。先ほどエデン姫に触れてはいけないと心の中で誓ったばかりだったのに。

どうやら私は、三歩歩いたら物事を忘れてしまう鳥頭(とりあたま)のようだ。

「その、せっかくわたくし共のためにパーティーを開いていただいたのに、中座するわけにはいきません」

なんというか、真面目なお方だ。

ただ、この会場内では、周囲の目があるので休まらないだろう。

と、少し離れた場所にいたヴォルフ公爵夫人が露台(バルコニー)のほうを指し示している。あそこに連れて行け、と言いたいのだろう。

たしかに、露台ならば休めるかもしれない。

「ではエデン姫、露台でしばし、ゆっくり過ごすのはどうだろうか？」

「あ、はい。それならば、よいと思います」

「だったら――」

今にも倒れてしまいそうなくらいぐったりしていたので、彼女を横抱きにする。

十八歳の成人女性なので、そこそこの重量を覚悟していたが、エデン姫はとてつもなく軽い。

よく、漫画やアニメの王子様キャラが「君は羽根のような軽さだ」みたいなキザな台詞を言うシーンを見かけるが、まさにそれだ！　と思ってしまった。

「あ、あの、わたくし、重いので、自分で歩けます」

「気にするな。剣より遥かに軽い」

「そんなわけありませんわ」

言い合いをしているうちに露台に到着し、外にいた侍従が扉を広げる。外に出ると、カーテンで見えないよう閉ざしてくれた。

ゆったり休憩できる長椅子が置かれていたので、そこにエデン姫を降ろす。

「ヨシカ様、ありがとうございます」

「いいや、気にするな。慣れない土地で、知らぬ者に囲まれて、疲れただろう」

エデン姫は首を横に振っているが、疲労が溜まっているに違いない。

七騎士が追いかけてくるだろう、と構えていたのに、やってくる気配はなかった。

エデン姫のことは、彼らに任せようと思っていたのだが。

彼女をひとりにするわけにはいかないので、観念してここにいようか。

長椅子の傍に置かれた円卓には、ティーコジーがあった。誰かが蒸らした状態の紅茶を用意してくれたに違いない。ありがたくいただこう。

クッキーやケーキ、フルーツなどの軽食もあった。

茶器は魔法仕掛けのようで、腰かけた瞬間、カップに紅茶が満たされる。

ソーサーごとカップを持ち上げ、エデン姫に差し出す。

紅茶を飲んだエデン姫は、少しだけホッとしているように見えた。

春先でまだ夜は冷え込むが、幸いにもここは世界樹の結界がもっとも強く張られた王城である。年がら年中、過ごしやすい気温なのだ。

世界樹というのは月から降り注いだ魔力を、受け止める器みたいな物である。

〝暁の国ゾンネ〟は軍事力が優れているわけでなく、魔石や魔法石などのエネルギー源となる物質が埋蔵されているわけでもない。

そんな〝暁の国ゾンネ〟が大きく発展できたのは、他でもない世界樹のおかげだった。

〝宵の国アーベント〟の王女であるエデン姫は、その辺をどう考えているのか。

話しかけようとしたら、俯（うつむ）いている彼女の横顔に気付いてしまった。

「どうした？　やはり辛いのではないのか？」

信用のおける侍女か七騎士を呼ぼうか、と声をかけても、エデン姫は必要ないと言って拒絶した。

「すまない。言葉にしてもらわないと、何を考えているのかまったくわからないんだ」

そう伝えると、エデン姫は弾かれたように顔を上げる。

眦には涙が浮かんでいた。

「一言、謝罪したいと、思いまして」

「何を謝ると言うのだ？」

彼女のふるまいは、完璧の一言だった。むしろ、私のほうが粗相を繰り返していただろう。

「ヨシカ様、突然押しかけるような真似をして、本当に申し訳ありませんでした」

「はい？」

謝りたいというのは、その件についてだったのか。拍子抜けしてしまう。

「やはり、迷惑、でしたよね？」

「いいや、迷惑なものか！　国民全員、エデン姫の訪問を心から喜んでいる」

エデン姫は信じがたい、という表情で私を見つめていた。

ええい、どうにでもなれ。そう思って、ありったけの誠意を言葉にした。

「もちろん、私も嬉しい。今日、あなたと出会って、以前開催する予定だった祝賀会を中止にしてしまったことに、心を痛めていたくらいだ！」

胸に手を当てて、まっすぐな瞳をエデン姫に向けた。

触れた部分にポケットがあり、中にハムリンが入っていた。

話と違う！　と言わんばかりに、ハムリンが私の手をポカポカ叩いているが、今はそれどころではない。

エデン姫が悲しみ、涙を零していたら、私は七騎士に殺されてしまう。

ご機嫌取りすなわち、延命活動だと思っていただきたい。

「エデン姫と出会えて、本当に嬉しい。だから、そのように表情を曇らせないでほしい」

「――っはい！」

顔を上げたエデン姫は、涙で瞳を濡らしつつも、健気な笑みを見せてくれる。

あまりにも愛らしいので、抱きしめてしまった。

胸がドキドキと高鳴っている――と思いきや、違った。胸ポケットの内側から、ハムリンが私の胸に連続パンチを食らわせていたようだ。紛らわしいことはしないでほしい。

「わたくし、幸せです」

胸焼けしそうなほどの甘い声を聞いた瞬間、エデン姫から離れる。

彼女はうっとりした表情で、私を見つめているではないか。

これは……何か道を誤ったように思えるのは気のせいだと思いたい。

次の瞬間、あろうことか、エデン姫は目を閉じたではないか。

これはあれだ。俗に言う〝キス待ち〟の顔である。

願いを込めるように、手は胸の前で組まれていた。

こんなかわいいにも程がある一枚絵など、ゲーム本編にだってなかったはずだ。

エデン姫の七騎士に発見されたら、確実に闇へと葬られてしまうだろう。

気付かない振りもできるだろうが、彼女に恥を掻かせてしまう。

〝宵の国アーベント〟の王女、エデン姫にそのような思いをさせるのは、死の宣告を自ら招くような行為だろう。

これも延命活動だ。そう自らに言い聞かせ、エデン姫の額にそっと口づけする。

触れるか触れないか、そんなレベルのキスであった。

「あ――――！」

エデン姫は唇が触れた額を手で押さえつつ、驚いた表情で私を見上げる。

婚約者同士なのだから、唇と唇のキスをすると思っていたのだろうか。

早口にならないよう、余裕たっぷりな様子で言い訳を告げた。

「まだ、私達は出会ったばかりだ。今日のところは、これくらいにしておこう」

自分でも「何を言ってるんだ」と思った。

けれどもさすがに、初対面で唇にキスなんてできない。私の心臓（ハート）は日本生まれ、日本育ちの超絶チキン野郎なのだ。

額にキスでもかなり頑張ったほうだろう。

「ヨシカ様は、とても紳士なのですね」

私のチキン・ハートが、いい感じに解釈されてしまった。

彼女に婚約破棄されるためには、キスくらいして、猛烈なドン引きをされなければならないのだが……。

何も知らないお姫様に、酷い行為なんて働けるはずがなかった。

まだ初日だ。しょっぱなからギア全開でいくと、あとの期間は息切れしてしまう。

今日はこれくらいでいいのだ、と思うようにしよう。

「そろそろ会場へ戻ろうか」

「はい」

私とエデン姫は会場に戻る。

第二王妃や大臣と話していたら、あっという間に時間が過ぎてしまった。

パーティーはお開きとなる。なんとかやりきったのだった。

エデン姫を客間に送り届けてから執務室に向かうと、パーティーを思いっきり楽しんできたように見える愛人達がやってきた。

「殿下、申し訳ありません。殿下の周囲には人が大勢いて、近付けませんでした」

「まあ、よい。エデン姫も疲れていただろうから、そんな状況で五人も愛人がいると知ったら倒れていたかもしれない」

思っていた以上に儚く、繊細で弱々しい乙女だった。

扱いは丁重かつ慎重にしなければならないだろう。

「今日は何もしなくていい。全員下がれ」

愛人達は深々と頭を下げ、執務室から去って行った。

誰もいなくなると、胸ポケットに詰め込んでいたハムリンが顔を覗かせる。

執務机の上に降ろしてあげると、円(つぶ)らな瞳で見上げてくる。もしかしたら睨んでいるつもりかもしれないが、迫力に欠けていた。

『やりかたが、温(ぬる)いんだよお！』

「そう言われても」

あの愛らしい女性に、非道な行為を働けるわけがなかった。

「王太子ヨシカは、どんなふうにエデン姫と接していたのだろうか？」

日記帳を開いて、記録を改めて確認してみた。

□月△日
エデン姫はこちらがどれだけ媚びを売っても、見向きもしない。かわいげのない女だった。かと言って、無視をしていたら、七騎士に密告して報復してくる。

なんて腹黒いのか。

○月×日
エデン姫をダンスに誘ったが、見事に無視された。盛大な恥をかかされたわけだ。

七騎士にも軽んじられ、笑い者になってしまう。

もう、こんな役目から解放されたい。


「んんん？」

今日、出会ったエデン姫とはまったく別人のように思えてならなかった。

「あの、ハムリン。もしかして、エデン姫の体にも別人の魂が収まっている可能性はあるのか？」

『それはありえないんだよお！』

エデン姫の肉体はここの世界の中でも特別で、彼女のためにある物らしい。

他人の魂が入っても、体を動かすことは極めて困難だと言う。

「もともとの王太子ヨシカには、どうしてこのような冷たい態度を取っていたのか？」

『うーーん。よくわからないけれど、相性の問題かもしれないんだよお』

相性。たしかにそれはあるかもしれない。

日記帳を読み進めていくと、体の持ち主である王太子ヨシカは、神経質で他人を信用せず、ヒステリックな振る舞いを見せることがあったようだ。

控えめなエデン姫は王太子ヨシカの態度に萎縮していたのかもしれない。結果、冷たくあしらわれているように見えてしまったのだろう。

「そういえば私の態度が紳士的だ、と言っていた」

もしかしたら、私は元の王太子ヨシカとは真逆の性格なのかもしれない。

「たぶん、エデン姫を知ろうとせず、間違った方向に頑張っていたんだろうな」

私がハムリンみたいなお助けキャラクターの立場でやってきたら、王太子ヨシカを助けられたかもしれない。

いきなり王太子ヨシカ役を任されるなんて、私には荷が重すぎるだろう。

「ハムリン、肉体を失った王太子ヨシカの魂はどうなったのか？」

『おそらく、この世界で生まれ変わらないよう、他の国へ行ってしまったんだよお』

「そうか」

なんとも悲しいすれ違いである。本物のヨシカに対し、言葉が浮かばない。

「まあでも、何はともあれ、明日から頑張るから」

『具体的には、何をするんだよお』

「魔物退治に誘ってみようと考えている」

年に一度、騎士の本隊と共に、魔物の討伐を行う。

前世の記憶が戻る前までは、同行するだけのお飾り的な立場だった。

けれども記憶が甦ってからというもの、毎日剣の訓練は欠かしていない。

前世で培った、世界レベルのフェンシングの腕を、異世界の魔物にもお見舞いしてやろう、と思っている。

そんな血なまぐさい行事に、エデン姫を誘うのだ。ドン引きレベルの失望どころではないだろう。

さらに、当日に声をかけるというのも、萎えポイントに繋がるだろう。

「ハムリン、心配するではない。必ず、エデン姫から婚約破棄を引き出してみせよう！」

『頑張るんだよお』

「もちろんだ！」

気合いを入れたところで、風呂に入ることにする。一日のお楽しみでもあった。

私専用の風呂は、いつでも入浴できるようになっているのだ。

二十人は優に浸かれそうな、大きな大理石の風呂である。

まずは湯を浴び、体を洗ってから浴槽に体を沈める。

魔法の力で浄水、保温された湯で、入ると肌がすべすべになる。

前世では風呂に水を溜める元気なんてなく、シャワーで済ませる日が多かった。それが疲れを蓄積する結果になっていたのだ、と生まれ変わってから気付いた。

こうしてしっかり浸かることが大事。長生きの秘訣だろう。

日本人から異国人に生まれ変わって早くも二十一年。

身長は王太子ヨシカのほうが高いが、体格はどっこいどっこいくらいか。

長年フェンシングをしていたからか、肩幅は男性並みにあったのだ。あきらかにごつくて、遠目で見たら男のようだ、と言われた覚えは何度もある。

来世はフワフワとしたかわいらしい人になるのだ。なんて思っていたが、首から下の光景は見慣れた絶壁であった。

胸は押さえて隠す必要がないくらいで、少し盛り上がっているのは筋肉なのではないか、と最近は疑っている。

前世よりも筋肉が付きやすい体なのはありがたい。

記憶が戻ってからというもの、筋トレを強化したら、体力はつくわ、腹は六つに割れるわで、非常にやりがいがあった。

エデン姫に婚約破棄され、第二王妃から国外追放を言い渡されたら、体を鍛えるのをやめよう。

前世で美容系配信者が教えてくれたテクニックを駆使し、小綺麗（こぎれい）な人間になるのだ。

決意を新たに、一日を終えたのだった。

第三章 男装王太子は作戦を実行する!?

翌日——エデン姫を朝食に誘った。

七騎士は廊下に置いてきたようで、侍女を引き連れた状態でやってくる。

正直、ありがたい。

七騎士に睨まれながらだと、パンも喉を通らなかっただろうから。

「エデン姫、おはよう。いい朝だな」

「はい」

エデン姫は春風のような微笑みを浮かべ、侍従が引いた椅子に腰かける。

殺風景な食堂だったが、彼女がやってきただけでぐっと華やかになる。さすが、〝宵の国アーベント〟の妖精姫だと思った。

給仕係が食事を運んでくる。

あつあつのミルクティーに焼きたてのパン、カリカリベーコンに半熟ゆで卵。温野菜のサラダに、トウモロコシのポタージュ——いつものメニューである。

エデン姫はリスが木の実を食べるかのごとく、小さな口で優雅に食していた。

うっかり目が合うと、恥ずかしそうに頬を染めている。

今日もエデン姫は可憐（かれん）極まりなかった。

食後の紅茶を飲みながら、彼女を本日の予定に誘ってみた。

「エデン姫、今日、私は魔物狩りに行くんだ。一緒にどうだ？」

「魔物狩り、ですか？」

エデン姫は目を見開き、信じがたいという瞳で私を見つめる。

突然誘ったのと、行き先が魔物狩りだったので、心底驚いているのだろう。

この愛らしい女性の心を痛めたくないのだが、世界の存続のため、そして私の延命のために仕方がないのだ。

エデン姫はサッと目を伏せる。頬に一筋の涙が零れているように見えた。

ギョッとして、慌てて彼女のもとへ向かう。

片膝を突き、エデン姫の手を握った。

「す、すまなかった。突然、物騒な行事に誘ってしまって！」

必殺、平謝りである。

なんというか、〝萎え〟と〝失望〟を狙って作戦を実行しているのに、思いがけずエデン姫を悲しませてしまった。

こうなるはずではなかったのに……。

「私が愚かだった！　先ほどの言葉は忘れてくれ！」

「ち、違うのです」

「違う？」

いったい何が違うというのか。首が曲がる極限まで傾げてしまった。

「わたくし、嬉しくって」

「嬉しい？」

オウムのように、そのまま言葉を返してしまう。

いったいどういう意味なのか。理解が追いつかない。

「一度落ち着いてから、話してほしい。ほら、涙を拭いて」

今日は胸ポケットにハムリンではなくハンカチを入れていた。

エデン姫に手渡し、他の者は下がるように目配せする。

傍で励ますこと五分――エデン姫は落ち着き、涙してしまった理由について教えてくれた。

「すみません。泣いてばかりで、お恥ずかしい」

「気にするな。私も世知辛（せちがら）い世の中に涙で頬を濡らした覚えは何度もあった」

「ヨシカ様も、涙を零す日があるのですね」

「もちろん」

人間だもの――ヨシオ。

なんて、ふざけたことを考えている場合ではなかった。

「ヨシカ様の涙は、きっと美しいのでしょうね」

「それはどうだろうか」

もともと私はこの体の持ち主ではないので、何か言える立場にはない。

「それで、どうして泣いてしまったのだ？」

「非常にお恥ずかしい話なのですが、わたくしの父は信じがたいほど過保護でして」

何をするにも、「あれはダメ、これもダメ」と行動を制限するらしい。

「一度、魔物狩りにも同行したい、と父に申し出たことがあったのですが、わたくしを戦場に連れていくわけにはいかない、と言われてしまいまして」

エデン姫は訓練を積み、人並みの戦闘能力はあるらしい。きっと役に立てるはずだと訴えても、アーベント王は首を縦に振らなかったようだ。

アーベント王の気持ちは充分理解できる。魔物が出現するようなエリアには危険がいっぱいなのだ。エデン姫がケガをしたり、倒れる騎士を見て心を痛めたりする可能性もあるため、同行を許せなかったのだろう。

「国ではわたくしを、皆が皆〝箱入り姫〟と呼ぶほど、どこにも連れていってくれなかったのです」

今回、外交の使節団の一員としてやってくるのも、アーベント王は反対していたらしい。

「ヨシカ様と結婚する前に、どんなお方か確かめたいと言って、無理にやってまいりました」

「そうだったのか」

アーベント王から同行を許してもらえなかった魔物討伐に誘ってもらえたので、たいそう嬉しかったらしい。

「ということは、嬉し涙だったのか」

「はい」

エデン姫は恥ずかしそうにこくんと頷いていた。

「わたくし、絶対に足手まといにはなりません！　お役に立ってみせますから！」

「まあ、うん。そうだな」

エデン姫の周囲には七騎士がいる。何かあったら、彼らが命を懸けてでも守ってくれるだろう。

そんなわけで、エデン姫の魔物討伐行きが決まった。

正直、こんなはずではなかったのに、という思いがこみ上げてくる。

魔物討伐に誘って、エデン姫の期待値をぐんぐん下げる予定だったのだが。

まあ、いい。悲しませなかったことだけでもよしとしよう。

彼女と別れ、愛人達の手伝いを受けながら準備を行う。

白銀の鎧を身に着け、細身の剣を佩く。

初めて討伐部隊に参加する私を心配してか、ヴォルフ公爵夫人が多めに回復薬を持たせてくれた。

フォーゲル侯爵夫人は、ハムリンを収納する手作りの小袋をプレゼントしてくれる。

ふわふわの触り心地がいい素材で作ったくれたようで、ハムリンはたいそう喜んでいた。

ボック男爵夫人も、私と同じように鎧をまとっている。今日は護衛隊長として、一緒に戦ってくれるようだ。

ハーン子爵夫人は同行を望んできたものの、城で待機するように言っておく。

いつも忙しくしている彼女を、たまには休ませてやろうと思ったのである。

フックス伯爵夫人にマントを装着してもらっているところに、アダルウォルフがやってきた。

「ヨシカ殿下、僕も魔物討伐に行きたいです‼」

小さな体で、役に立ってみせるとアピールしてきた。

大変嬉しい申し出ではあるものの、今回は留守番してもらう。

「獣化したら、ヨシカ殿下を守れるのに！」

「それはとても頼もしいが、もう少し待ってくれないか？」

アダルウォルフは獣化を制御できていない。エデン姫がいる前で暴走でもしてしまったら、七騎士に始末されてしまうだろう。それだけは避けたかった。

彼にどう説明したらいいものか……。悩んでいたらフックス伯爵夫人がアダルウォルフに言葉をかける。

「アダルウォルフ様、ヨシカ王太子殿下はこれから接待にでかけるのです」

「せったいって、何？」

「大切なお客様へのおもてなしです」

さすが、アダルウォルフの教育係である。彼がわかりやすいよう、噛んで含めるように説明してくれた。

「普段と異なる状況であるということは、賢いあなた様ならば理解できますでしょう」

フックス伯爵夫人の言葉に、アダルウォルフはこくんと頷いた。

ただ、猛烈にしょんぼりしている。

なんていじらしい子なのだろうか。彼に我慢ばかり強いたくない。そう思って提案してみた。

「アダルウォルフ、魔物討伐ではないが、今度一緒にピクニックに行かないか？」

すると、アダルウォルフの表情がパーッと明るくなる。

「行きたいです‼」

「そうか。ならば、その日まで待っていてくれ」

「はい！」

鎧を着ているのでアダルウォルフを抱きしめることはできない。代わりに頭をよしよしと撫でてあげた。

アダルウォルフは「えへへ」と微笑み、くすぐったそうにしている。

「それはそうと――」

これまで愛らしく笑っていたのに、アダルウォルフは急に真顔になる。

「ど、どうした？」

「ヨシカ殿下、なんだか女の匂いをプンプンまとわりつけているようですが、どうしたのですか？」

「お、女の匂い⁉」

一瞬、私が女としての魅力に目覚めてしまったのか？　と考えてしまったものの、すぐにそうではないと気付く。

「スズランを思わせるような匂いです。どなたかの残り香だと思うのですが」

「残り香……もしかして、エデン姫のことを言っているのか？」

スズランかはわからないが、エデン姫は花みたいな甘くていい匂いがする。

「エデン姫？　誰ですか？」

そういえば、婚約者についてアダルウォルフに説明していなかった。

ゴホンゴホンと咳払いし、詳しく打ち明ける。

「エデン姫というのは〝宵の国アーベント〟の姫君で、私の婚約者だ。昨日、外交長官として我が国へやってきた」

「なっ⁉」

アダルウォルフは目をカッと見開き、ショックを受けた様子でいた。

「ヨシカ殿下……結婚、するのですか⁉」

「あー、なんと言えばいいのやら」

幼いアダルウォルフに、この世界の理（ことわり）や私の死亡フラグについて打ち明けるつもりはない。けれども都合がいいだけの大人でありたくなかった。

「アダルウォルフ、王太子という立場は、国のためにあるんだ。だから、他国との繋がりを強くさせる結婚は義務でもある」

「では、いつか結婚されるのですね？」

「そうだ」

彼の疑問に答えた瞬間、大粒の涙を流し始めた。

「ちょっ、アダルウォルフ、どうした⁉」

「だって、だって、僕の周りにいる優しい人達は、いつだって離れていなくなるから！」

母親を亡くし、乳母や世話役から離されて地下牢に閉じ込められ、アダルウォルフは孤独に感じる瞬間が多々あったのだろう。

「アダルウォルフ、私は違う！」

「違いません！　ヨシカ殿下もエデン姫と結婚して、僕から離れていくんです！」

片膝を突き、アダルウォルフの手を握る。弱々しく涙する彼を見上げながら訴えた。

「アダルウォルフ、私とお前は腹違いの兄弟なんだ」

「え？」

「家族なんだから、離れるわけがないだろう！」

信じがたい、という瞳でアダルウォルフは私を見つめている。

「そ、それは本当、なのですか？」

「嘘は言わない。伝えるのが遅れてすまなかった。地下牢から連れてきた当初は、混乱しているようだから、落ち着いたら伝えようと思っていたのだ」

アダルウォルフは「ううう」と声をあげ、さらに激しく泣いてしまう。

ずっとずっと、アダルウォルフについてどうすべきか、答えがはっきり出せないでいた。

私の追放と共に連れて行った結果、苦労させてしまうかもしれない。それならば、国に置いていったほうがいいのではないか、とも悩んでいた。

けれども考えが変わった。追放されたときは、アダルウォルフも一緒に連れていこう。

私は彼にとって、たったひとりの家族だから。

不自由させないようにしっかりお金を稼いで、一人前になるまで育てる義務があるだろう。

「アダルウォルフ、私のかわいい弟――これまで助けてあげられなくって、すまなかった」

「いいんです……今が、とても……幸せだから……！」

その一言を聞いて、命がけで彼を救助してよかった、と思った。私のやったことは、間違いではなかったのだ。

これからは本当の兄弟として、平和に、静かに暮らしていきたい。

そのような願いを叶えるためには、婚約破棄と国外追放をされるしかないのだが……。

エデン姫の顔が脳裏を横切る。

あの愛らしくてかわいい女性を傷付けたくない。

どうすればいいものか……前途多難である。

「ヨシカ殿下、兄上様、と呼んでもいいですか？」

「もちろん！　ただ、それはふたりきりのときだけにしてくれ」

「どうしてですか？」

誰かに聞かれないよう、声を潜めて説明する。

「私はお前を地下牢に閉じ込めた悪い奴についての情報を握っていない。仮にそいつが地下牢にお前がいないと気付いたら、大変な事態になる。犯人がわからない以上打つ手はないので、私達の関係は秘めておいたほうがいい。すまないが、理解してくれ」

「わ、わかりました」

立ち上がってアダルウォルフの涙をハンカチで拭いてやる。目が真っ赤になって、可哀想だった。

そんな彼を置いて魔物討伐に行かなければならないのは心が苦しくなるが。

「あの、ありがとうございました」

「え？」

「全部、隠さずに話してくださって……。ヨシカ殿下と兄弟と知れて、とても嬉しいです」

私から離れたアダルウォルフは、涙で濡れた瞳で微笑んだ。

彼はもう大丈夫だろう。そう思えるほどの笑顔を見せてくれた。

「ヨシカ殿下、ひとつよろしいでしょうか？」

アダルウォルフは背伸びをし、耳元で囁く。

「スズランには毒がある、とフックス伯爵夫人が教えてくれました」

それは庭に咲いていたスズランを、アダルウォルフが無邪気に摘み取ろうとしたときに教わったものらしい。

「同じように、スズランの匂いをまとう女についても、お気を付けください」

それは、エデン姫は私にとって毒だ、と言いたいのだろうか？

たしかにそのとおりでしかないのだが……。

「なぜ、彼女が毒だと思った？」

「匂いから、〝隠し事〟をしているように感じましたので」

アダルウォルフはフェンリル族の獣人だ。常人には理解できない、第六感のようなものを持っているのだろう。

私から離れたアダルウォルフは、無邪気な様子で手を振る。

「ヨシカ殿下、いってらっしゃいませ！」

「あ、ああ。いってくる」

アダルウォルフの見送りを受け、私室をあとにしたのだった。


エントランスにはエデン姫のご一行が待っていた。

顔を伏せる七騎士の間を通って行きながら、エデン姫のもとに行き着く。

「なっ……エデン姫、その恰好は⁉」

エデン姫はドレスの上に鎧を合わせ、腰には剣を佩いた姿でいた。

彼女の様子は美しき戦乙女（いくさおとめ）のようで――。

いいやそれよりも、エデン姫が剣を使うなんてありえない。

〝パラダイス・エデン〟のエデン姫は杖を握り、魔法を得意としていた。それなのに、剣を装備しているなんて。

「わたくし、幼少期から童話の〝騎士王〟に憧れておりまして、剣の修業をしてきました」

「そ、そうでしたか」

驚きのあまり、口調が引っ張られてしまう。

ここはゲームの世界でなく、神が〝パラダイス・エデン〟をもとに作った現実世界だ。

設定がゲームと同じであるとは限らないのだろう。

「ヨシカ様をお守りするため、この剣を揮いたいと思っております」

「ならば、私もエデン姫を守れるよう、剣に誓っておこう」

エデン姫の宣言がかっこよすぎて、私の言葉は霞んでしまった。

「では、現地でお会いしましょう」

「ああ、そうだな」

魔物討伐が行われる〝レント平原〟へは、ふたつの道がある。

どちらの道も魔物が出現するので、リスクを分散するために二手に分かれて移動するのだ。

エデン姫のほうには七騎士がいるし、我が国の騎士隊も護衛として派遣している。

私にはボック男爵夫人を筆頭に、親衛隊が守ってくれるのだ。

エデン姫が行く道は比較的安全だが、少々回り道である。

馬車に乗った一行を見送り、私は少し時間を置いてから向かう。

出発まで執務室で仕事をし、一時間後に城を出る。

ハムリンを例の小袋に詰め、腰からぶら下げておいた。

『今日こそ、目指せ婚約破棄をしてほしいんだよお』

「わかっている」

魔物討伐の現場で、どういうふうにエデン姫の評価を下げようか。正直、ノープランである。

情けないところを見せたら、幻滅してくれるだろう。

魔物とうっかり出遭ったら、尻もちでも突いてみようか。それとも、悲鳴でもあげようか。

思いつく限りの情けない様子をてんこ盛りでいこう。

裏口に停めていた馬車に乗ろうとしたら、鋭く刺すような殺気を感じた。

剣を抜き、振り返ると空に人影があった。剣を振り上げ、私に斬りかかろうとしてくる。

「ヨシカ王太子殿下‼」

ボック男爵夫人の叫びがこだまする。

いつの間にか私の周囲には結界のようなものが展開され、誰も入れないようになっていたようだ。

「はあ‼」

気合いのかけ声と共に剣を振り下ろしてきたのは、七騎士のひとり。

剣の騎士オルグイユであった。

彼の剣は受けずに、寸前で回避する。

「なっ、お前、なぜ私を狙う⁉」

「エデン姫に相応(ふさわ)しい男か、確かめてやろうと思っただけだ」

しれっと言いつつも、猛烈な一撃を繰り出してくる。

彼の一撃を剣身で受けたのだが、柄(つか)まで振動が伝わり、手がビリビリ痺(しび)れるようだった。

なんて馬鹿力なのか。

眼前に迫った彼は、とてつもなく麗しい。

その顔を見て、ピンときてしまった。

前世でどうして七騎士が嫌いだったのか。それは、彼が腐れ縁の男にそっくりだからだ。

小学生の頃からクラスが一緒で、私がフェンシング教室に通っているのを知ると、どうしてか彼も入会してきた。

私のほうが一年早く習っていたのに、彼はぐんぐん上達し、あっという間に追い抜かしていった。

それだけでも気に食わなかったのに、中学に進級する仲間がどんどん辞めていく中、続ける道を選んだ私に彼は最低最悪な言葉を口にした。

――女がフェンシング続ける理由ってあるのか？

いったい何を言っているのか、理解できなかった。言葉を失い、反応がないとわかった彼は鼻先でふっと笑うと、私のもとから去って行く。

彼がいなくなってから、怒りがじわじわ湧いてくる。それはいつしかマグマのように、どろどろに燃えたぎり、長い間彼に対して憎むような負の感情を抱いていた。

彼は酷い男だ。けれどもそれ以上に、それに言い返せなかった自分自身が許せなかった。

強くなりたい。心も、体も。

そんな思いを胸に、私はこれまで以上にフェンシングに打ち込むようになった。

腹立たしかったのは、友達全員が彼を好きになっていく点である。

クズ男だと訴えても、恋した者は聞く耳なんて持たない。

数人、彼と付き合う子もいたが、三か月も続かなかったようだ。

最終的に、私のほうがかっこいいし誠実だ、なんて言ってもらえたので、優越感を覚えていた。

気に食わない相手である私なんて無視すればいいのに、彼はことあるごとに絡んで、怒らせるような言葉をかけてきた。

フェンシングは男女別の競技である。得意の〝コントルアタック〟をお見舞いできなかったことが、前世に残してきた唯一の心残りだろう。

生まれ変わって今――私は憎き彼と似た男と対峙していた。

前世の恨みを込めて、けちょんけちょんにしてやろう。

彼は最強の七騎士だ。

けれども私は、フェンシングのサーブルの世界王者である。

〝コントルアタック〟は関節の柔らかさを活かし、瞬時に踏み込んで、腕を伸ばし相手に一撃を当てる技だ。

普通のアタックと異なるのは、相手が攻める姿勢でいるにもかかわらず、仕留められる対立攻撃という点。

幸いにも、オルグイユと対峙している場は、馬車が近くにあるので限られている。

この狭い中で戦うという状況は、かつてフェンシングを極めていた私にとって有利でもあった。

オルグイユは私を殺すつもりで、剣を振り下ろしてきたのだろう。

私はそれを回避せずに、真正面から受け止める。

腹部に向かって、鋭い突きを繰り出してきた。

軌道を読み、最小限の力で剣を振り払う。そこから一歩前に踏みでて、防御の体勢から攻撃に躍り出る。

渾身の突きを、肩にお見舞いしてやった。

「ぐう‼」

オルグイユは苦悶の声をあげ、後退した。

剣は鎧を貫通していたものの、彼の体は傷ついていない。

七騎士が血を流したら、エデン姫は悲しむ。だからあえて、手加減してあげたのだ。

「もう下がれ。これ以上牙を剥くのならば、お前を始末しなければならない」

私の実力では、オルグイユを倒すことなど到底無理である。

けれども、はったりでどうにかならないか、と思って言ってみた。

余裕たっぷりな様子で宣言したものの、心の中では「引き下がってくれ、頼む‼」と平伏の姿勢でいた。

「クソ‼」

オルグイユは悔しそうに言い捨て、去って行く。竜を召喚し、飛び立っていった。

そういえば、彼らは空を移動する手段を持っていた。我が国が馬車を用意せずとも、楽に行き来できる方法があったのだ。

馬車を受け入れてくれたのは、こちらの意を汲んでくれたからか。

エデン姫の心配りに心の中で感謝した。

オルグイユが去ったあと、結界が解かれたようで、ボック男爵夫人や親衛隊が駆け寄ってきた。

「殿下、おケガはないですか⁉」

「このとおり、なんともない」

なんて言っていたものの、足はガクガクと震えていた。

生まれたての子鹿のような足取りで馬車に乗りこむ。扉が閉められると、座席に倒れ込んでしまった。

「こ、怖かった……‼」

あの殺気に満ちた目――奴は確実に私を殺そうと襲いかかってきていた。

オルグイユはエデン姫の一番の信者（トップオタ）だ。

エデン姫とイチャイチャしていたので、仕留めにやってきたのだろう。

しばらく全身の震えが治まらなかった。

ハムリンが出てきて、私を労（いたわ）ってくれる。

『七騎士相手に、ハムリン・ソードを使わずに、よく頑張ったんだよお』

ハムリン・ソードの存在をすっかり忘れていた。魔法を打ち消す剣なので、七騎士相手には最強の剣だろう。

「あ‼」

そういえば、オルグイユはまったく魔法を使わなかった。もしも彼が魔法を使いつつ戦っていたら、私は一瞬で負けていただろう。

　襲撃は最悪としか言いようがないが、剣一本で勝負を挑んできた点は評価したい。

　一時間ほどでレント平原に行き着いた。エデン姫のご一行は少し前に到着したようだった。

　馬車から下りると、エデン姫が駆け寄ってくる。

「ヨシカ様‼」

　エデン姫は私に縋り、潤んだ目で見上げてくる。

「おケガはないですか⁉　先ほど、オルグイユがヨシカ様に戦いを挑んだと聞きまして」

「ええ、まあ、この通り大丈夫だ」

「本当に申し訳ありませんでした！」

　エデン姫はまたしても、ポロリと涙を零す。

　彼女のあとに続いた七騎士は、オロオロしていた。

　今、エデン姫は泣かせたのは、オルグイユ――と、彼がいないことに気付いた。

「あの、問題の彼はどうしたのですか？」

「簀巻きにして、森に捨ててきました」

「えっ⁉」

　魔物がいる森なのに、危険なのでは？　と一瞬思ったが、彼は最強の七騎士である。

　おそらく、襲撃されても魔物のほうが酷い目に遭うだろう。

そんな相手に、剣一本で勝ったのだ。

自分自身の勝負強さに、心から感謝してしまった。

「七騎士には、二度とヨシカ様に接触しないよう、強く言っておきます」

エデン姫は七騎士を振り返り、かわいらしい声で「ね？」と言葉をかけた。

すると、七騎士は怯えた表情を浮かべ、消え入りそうな声で「はい」と返事をする。

こんな弱々しい七騎士なんて、初めて見た。

七騎士という名の信者達を清く正しく教育し、制御できるエデン姫って素敵だ……。

「本当に、あってはならないことだと思っております」

「エデン姫、私は先ほどのような〝ささいな出来事〟を気にするような、狭量な男に見えるのだろうか？」

正直、オルグイユの襲撃はとんでもない事件で、再発は全力で防いでほしい。そんなふうに考えていたのだが、あまりにもエデン姫が気にするので、器の大きな男として振る舞っておく。

すると、エデン姫の瞳がキラキラ輝いた。

「ヨシカ様、寛大なお言葉に、心から感謝いたします」

「うん、まあ、ね」

青空を見上げ、遠い目を向けてしまう。

ここで気付いた。オルグイユにコテンパンに負けて、情けない様子を見せておけばよかったのだ、と。オルグイユが因縁の彼に似ていたばかりに、私のちっぽけな闘争心に火がごうごうと点いてしまったのだ。

「しかし、ヨシカ様の剣の腕前は相当なものなのですね。オルグイユは〝宵の国アーベント〟いちの剣の遣い手、なんて囁かれていたのです。そんな彼に勝つなんて……すばらしいです」

尊敬の眼差しをビシバシ感じてしまう。そうではない、と全力で弁解した。

「いや、戦った場が私に有利な陣形だっただけで、運がよかっただけだ。もう一度剣を交えていたら、今度は私が負けるに決まっている」

「ヨシカ様はとても謙虚なのですね」

そんなことはない。と、否定すればするほど、エデン姫の中で私の株が上がってしまうのだろう。どうしてこうなった。

ただ、まだ汚名を得る機会はある。魔物討伐で、ポイントを下げるしかないのだ。

「いざ、戦いに行かん‼」

なんて勇ましく宣言していたものの――。

「はあっ‼」

遭遇する魔物という魔物は、エデン姫が一撃(ワンパン)で倒してしまう。

こんなに戦闘能力が高いお方だったなんて聞いていない。

七騎士も出る幕などなかった。

実力を示すことができず、不満に思っているのではないか。彼らをちらりと盗み見たら、うっとりと羨望するような眼差しを向けていた。

どうやら、強いエデン姫に心酔している部分もあるようだ。

それにしても、彼女がここまで戦闘力が高いなんて。七騎士に匹敵するくらいの強さを秘めているのかもしれない。

デッドエンドを迎えるとき、私を殺すのはエデン姫である可能性も浮上したというわけだ。

これだけ戦闘能力を秘めているのに、アーベント王はエデン姫を過保護に扱っていた。もしかしたら、娘の戦闘力を把握していなかったのかもしれない。

エデン姫は剣を鞘（さや）に収めると、照れたような表情で振り返った。

「あの、ヨシカ様は、このように剣で戦う女性について、どうお思いでしょうか？」

「別に男であろうが、女であろうが、剣を握るのに理由なんていらないと思っている」

その言葉は私が前世での因縁の彼に言い返したかった言葉だろう。生まれ変わったあとで、こうして口にできるなんて、不思議な気分だ。

ただ、これは私が伝えたかった言葉で、彼女にかけるべきものではない。改めて、戦うエデン姫について感じたことを言った。

「剣を揮うエデン姫は勇敢で、とても美しかった」

心からの本心を伝えるとエデン姫は、はにかむように微笑んだ。

それは世界一きれいな笑みだった。


さっそく、編成した部隊に分かれ、魔物の討伐を開始した。

我々はエデン姫や七騎士、私の親衛隊を含んだ大所帯となる。

部隊長に任命されていたので、先頭を行く。

こうして魔物を探し、歩いていると、モンスター討伐をメインとしたゲームを思い出す。

モンスターを狩って素材を収集し、武器や防具を強化させたり、ギルドで販売したり、魔物肉を食べたりと、何百時間でも楽しめるゲームだった。

ただ、この世界でそれをしようとは思わない。

ボタンひとつでモンスターを解体できるゲームとは異なり、ここでやろうとしたら精神力と体力、両方を消費するだろう。

魔力を多く含む魔物の血は、人間にとって毒みたいなものだ。触れるだけで危険なのだ。さらに雑食で人を食べているであろう魔物の肉なんて、口にしようとは思わない。

ゲームのようにいかないのが現実というものだった。

しばし歩いていたら、エデン姫が叫んだ。

「上空にハーピーが十体います‼」

「なっ⁉」

ハーピーというのは、上半身は女性、下半身は鷲(わし)の姿に、背中に翼を生やした飛行系の魔物である。人の腐肉を好み、飢えているときは襲いかかってくるという、残忍な性質を持っている。

この辺(あた)りではめったに見かけない、中位レベルの魔物だ。

後方に控えていた弓部隊に攻撃を命じたが、ハーピー達はすばやい動きで回避していく。

『キイイイイイン‼』

ハーピーは耳をつんざくような、超音波攻撃を繰り出してくる。

地上にいる私達を嘲笑うように、ケタケタと笑っているように見えた。

「あいつら――！」

「ヨシカ様、わたくしにお任せください」

「え？　ま、任せる？」

振り返った先にいたエデン姫は、凜々しい表情で頷く。

大空を素早く飛んでいるハーピー相手に、どうやって戦うのか。疑問でしかなかったが、すぐに作戦を理解することとなった。

エデン姫は魔法で空中に氷塊を作りだし、足場にしていく。

呪文を唱えている様子はなく、息をするように魔法を展開させていた。

七騎士はあとに続かず、空を見上げていた。それでいいのか、護衛騎士達。

おそらく、エデン姫が単独で倒せるだろうと思って、このように悠長な態度を見せているのだろう。エデン姫はどんどん足場を作成し、あっという間にハーピーが飛行する位置まで辿り着く。

『ギエエエエ‼』

耳障りの悪い鳴き声をあげて攻撃をしかけてきたハーピーを、エデン姫は一刀両断した。

「なっ⁉」

あの細い腕で、どうやって魔物を斬ったのか。理解が追いつかない。

それからエデン姫は、あっという間にハーピーを討伐してしまった。

地上に降り立った彼女は、天使のように美しかった。

エデン姫の背後には、彼女が討伐したハーピーの骸が雨のように落ちてきていた。

「少し倒すのに手こずってしまいました。次は上手くやってみせます」

「そ、そうか」

エデン姫の瞳はギラギラと輝いていた。

それからというもの、魔物という魔物をエデン姫がたったひとりで倒していく。

こちらが手を貸すと申し出ても、問題ないと首を横に振るのだ。

お言葉に甘えていいのか、迷っていたら、七騎士のひとりが話しかけてきた。

「エデン姫の言うことは聞いておいたほうがよろしいかと」

背がひょろりと高く、頬が瘦けるほどやせ細った男。

巨大な盾を持っており、何かあればエデン姫を守ってくれると言う。

「ふふ……。懸命に戦うエデン姫は、とてもおいしそうですね」

何やら変態チックなことを言いだした。即座に聞かなかったことにする。

こいつは七騎士の中で暴食を司る、盾の騎士、グルトヌリーだろう。

関わりたくない男ナンバーワンかもしれない。

結局、私は魔物の討伐に参加せず、後方彼氏面男みたいに腕を組み、エデン姫が戦う様子を見守るしかできなかった。

魔物討伐は五時間くらいかかるだろうと想定し、スケジュールを組んでいた。

しかしながら、エデン姫の活躍もあり、たった二時間で終わってしまう。

彼女はかなりの量の魔物を倒したのに、血の一滴もつけていなかった。

別部隊の騎士達は、返り血を浴びてさんざんな様子なのに。

魔物との戦い方を騎士に指導してほしいと思ってしまった。

「エデン姫、疲れただろうから、帰りは竜を使ってくれ」

「しかし――」

「頼む。この細腕で、二時間も剣を揮っていたので、心配なのだ」

「ヨシカ様……！」

エデン姫は潤んだ瞳で、「ありがとうございます」と感謝の言葉を口にした。

竜で帰ってくれる気になったようで、ホッと胸をなで下ろす。

「どうやって竜を呼ぶんだ？」

「笛を吹いたらやってきます」

そんな、犬笛ではあるまいし……。

エデン姫は首から提げていた銀色の笛を取り出し、フーーと息を吹き入れる。

その音色は竜にしか聞き取れないものらしい。

ぼんやり空を見上げていたら、ぽつんと黒い点が見えた。

それはだんだん大きくなり、肉眼で竜だと確認できるようになる。

白銀の竜がやってきて、エデン姫の前に下り立った。

あまりにも大きいので、着地しただけでズトン！　と大きな衝撃が伝わってくる。

「こちらがわたくしの竜、ストームですわ」

その大きさは東京ドームの四分の一くらいだろうか。

規模を表す言葉に、なんでもかんでも東京ドームを使うのは自分でもどうかと思うが。とにかく大きいという情報は伝わるだろう。

「竜は主人しか乗せることができず、同乗できないのですが」

「大丈夫。私は馬車でのんびり戻るから、気にしないでくれ」

空を見上げると、ヒュウと強風に煽(あお)られる。

「風が強いな。エデン姫、帰りは気を付けるように。少しでも危険を感じたら、地上に降りて様子を窺ったほうがよさそうだ」

この時期は毎年、東から強い風が吹くのだ。庭に出していた植木鉢や洗濯物が飛んでしまうこともあるらしく、人々は春の嵐とも呼んでいるらしい。

空を飛行するさいには、気を付けてほしいとエデン姫に伝えておく。

「ありがとうございます。この子は嵐の中でも安定した飛行を可能としているのですが、風が強いようでしたら、地上に降りて様子をみますね」

「ああ、そうしてくれ」

私達はエデン姫達が使った、魔物が少ない回り道を通って帰ろう。

騎士隊を引き連れ、家路に就く。

馬車に揺られながら、微睡（まどろ）んでしまう。午前中だけで、密度の濃い時間を過ごしてしまった。

ただ魔物を一匹も倒せなかったことで、エデン姫には少しだけ落胆されたかもしれない。

「ハムリン、魔物討伐中の私は頼りなかっただろう？」

『いや、腕を組んでどしっと構えていて、自軍の大将感がはんぱなかったんだよお』

「ええ～～」

魔物を目にしたのは初めてだったし、恐ろしかった。

けれども、スライムやコボルト、アルラウネなど、モンスターを狩るゲームに登場するお馴染（なじ）みの顔ぶれを前に、「やっぱ現実（リアル）の魔物は迫力が桁（けた）違いだなー」なんてのんきに考えていた部分もある。その辺が余裕のあるように見えてしまったのかもしれない。

『エデン姫の好感度は、たぶん今日一日でウナギ上りだったんだよお』

「それは困る！」

『だったら、どうにかしてくれないと、世界が滅びてしまうんだよお～』

そんなこと言ったって、しょうがないじゃないか！　と思わず返してしまう。

エデン姫を悲しませたり、落ち込ませたりするのは厳禁。ただ、「こいつないわ」と思わせたいだけなのに、それがどうにも難しい。

「これまで出会ったクズ男を参考にしようにも、前世で因縁関係だった彼しかいなかったからな」

あいつみたいな女性を傷付けるようなふるまいは、ぜったいによくない。

もっと情けなくて、ドン引きさせるようなムーブができればいいのだが。

「こう、毛嫌いされるというのは、高等テクニックを必要とするのだな」

どうすればいいものか――と、首を傾げた方向になぜか体も傾く。

「へ⁉」

馬車がガタン‼　と大きな音を立てて、上下逆さまになっているではないか。

ジェットコースターに乗ったときのような、胃の辺りがヒュン！　と冷え込む感覚をリアルで味わってしまった。

御者（ぎょしゃ）の絶叫が聞こえる。

「えっ、大丈夫？」

他人を心配している場合ではない。私自身にもピンチが降りかかっていた。

眼前に馬車の天井が迫り、顔面を強打する。

「がはっ――⁉」

乙女とはほど遠い悲鳴をあげ、私の意識は遠のいてしまった。

カラカラカラ、カラカラカラ……何かが回る音が聞こえる。

それは女神が紡ぐ、運命の糸を手繰る糸車が動く音なのか。

「……女神よ、どうか、私の魂を安らげる場所へ」

布団とか、温泉とか、スイーツ食べ放題のブッフェ会場でもいい。

「あとは、ホテルのスイートルームとか」

そう呟くと、口の中が血の味がするのに気付いてしまう。

「いっ――！」

同時に、腕にズキズキとした疼痛を感じた。

これは、確実に折れている。前世で何度か覚えのある痛みなのでわかるのだ。

もしかしなくても、私は馬車の事故に巻き込まれたらしい。

襲撃かどうかは判断できない。ひとまず、周囲に人の気配がないことは確かだ。

まず、瞼を開いてみた。完全に、体が逆さまになっている。

馬車の中に土砂が流れ込んで上半身が呑み込まれ、生き埋め状態になっていた。

顔も完全に埋まっているものの、荷物置きとしてあった空間に土砂が入り込んでなかったおかげで、呼吸ができていたようだ。

もう少し土砂の量が多ければ、私は生き埋めになっていたに違いない。

「おい、ハムリン、聞こえるか、ハムリン！」

土砂に埋まって体が思うように動かないので、ハムリンに救助を要請する。

しかしながら、返答はない。私と同じように、気を失っているのだろう。

折れた手と自由にならない上半身という状態で、自力でどうにか脱出しなければならないようだ。

「よし、いくぞ」

気合いを入れ、脱出を試みる。

骨折した腕はなるべく動かしたくないので、足をじたばたさせてみた。

水中で泳ぐみたいに、バタ足を続ける。すると、少しずつ体が土砂から出て行った。

あと少し、というタイミングで折れていないほうの腕を動かし、土砂から脱出する。

「ぷはっ‼」

やっとのことで、状況が把握できる。

まずは腰に吊してあったハムリンを確認した。もしや、生き埋めになっていたのではないか。

ハラハラしつつ、小袋を開いた。

『スー、スー、スー……』

実に気持ちよさそうに眠っている。

「ハムリン！　おい、ハムリン！」

起きろ！　と小さな体をシェイクしても、なかなか目覚めない。

そういえば、ハムスターは夜行性だった。普段、昼間は執務室で眠っているのを思い出す。

精霊なのだから、ハムスターと習性が一緒ではなくてもいいのに。

がっくりとうな垂れてしまう。

まず、馬車から脱出しなければならない。片方のドアは土砂に潰されており、どうにかできるような状況ではない。

出るとしたら、もう片側にある窓からだろう。

剣の柄で叩いたが、王族が乗る馬車は強化ガラスになっている。多少の衝撃では、割ることができない。

なんで異世界に強化ガラスがあるんだよ！　と恨みに思いながら、ガラスを叩き続ける。

「クソ！　この！　やんのか‼」

腹立たしい気持ちを込め、ガラスを叩いた。すると、ヒビが入る。

「王族を守るためのガラスが、私の命を脅かすな！！！！」

私の叫びと共に、ガラスが粉々になって割れた。ケガをしないよう足でガラスの破片を蹴破り、マントを体に巻き付けて外に出る。

「よいっしょ、どっこいしょー！」

なんとか馬車からの脱出に成功した。

地上へ降りるさいに、折れた腕が悲鳴をあげる。奥歯を噛みしめ、耐えるしかなかった。

ここでようやく状況を確認する。

場所は山間で、上を見るとかなり高い位置から転がり落ちたらしい。

春の嵐に車体が煽られ、落ちてしまったのだろうか。

あの高さから落下し、片腕の骨折程度だったのは奇跡かもしれない。

持たせてくれた魔法薬は、残念ながら土砂に巻き込まれてしまったようだ。ハムリンが生きていただけ儲けものだろう。

カラカラと音を鳴らして回っていたのは、転倒した馬車の車輪だった。

御者や馬は途中で脱出できたのか、姿はない。

ひとまず、腕の骨折をどうにかしよう。

その辺に落ちていた枝を添え木にし、ハンカチを使って腕を吊る。

「痛てて」

前世でも何度か骨折した経験があるので、応急処置だけは知っていた。あとは、帰って回復術士の治療を受ければいい。

ただ、ここから帰れるのか。不安に襲われてしまう。

転移魔法が使えたら——と、転移マップの存在を今になって思い出す。

生き埋め状態のときに気付けばよかったのだが……。まあ、いい。転移マップを使って、ボック男爵夫人や親衛隊の騎士達と合流しなければ。

「マップ・オープン‼」

目の前に王都の地図が映し出された。

これで帰れる！　とホッとしたのも束の間のこと。

自分の部屋をタップしても、いつものように反応しない。

「な、なぜだ⁉」

他の場所も同様に、反応を示さない。

これはあれか？　ゲームでよくある、イベント中は便利機能が使えなくなるやつなのか？

そんな仕様、現実世界に反映させなくてもいいのに！

一気に気分が急下降する。骨折している状態で、王都まで戻れるわけがないのに。

神様にこういうのは欠陥だと報告したい。

そういう視点から考えると、私という存在はこの世界の不具合や欠陥を発見するデバッガーなのではないのか、と思ってしまう。

はーーーーー、とこの世の深淵まで届きそうなため息を零す。

絶望している場合ではない。これからどうすべきか判断しなければならないだろう。

まず、ここから離れて王都に戻るか。

それともボック男爵夫人を始めとする、親衛隊の救助を待つか。

もしもこれが事故でなく、故意に起こしたものであれば、現場にいた誰かが犯人である可能性が高い。

真っ先にここへと駆けつけ、私を始末したら不幸な事故に偽装もできる。

骨折した腕では、まともに戦えない。負けは確定している。

もしかしたら、あらかじめ馬車に仕掛けを施していた可能性もあった。

崖がある道にさしかかったタイミングで事故に見せかけるというのは、相当のテクニックが必要になりそうだが。

馬の様子に異変はなかったように思える。御者も問題なく操っていたはずだ。

何かあるとしたら車体だろう。念のため、馬車を調べてみた。

「うーーーーん」

技術者ではないので、パッと見ただけではわからない。

崖を転がってきた馬車の損傷は激しい。この状態でよく骨折だけで済んだな、と運のよさに感謝した。

土砂に埋まった側の車輪はどうなっているのか。その辺で拾った枝で突（つつ）いてみるも、なだれ込んできた土や砂で押し固められているようで、上手く削れない。ハムリン・ソードでも使ってみようか。ハムリンは熟睡しているものの、ダメ元で口にしてみた。

「ハムリン・ソード‼」

手のひらに魔法陣が浮かび、ハムリンの顔が鍔（ガード）にあしらわれたファンシーラブリー剣が登場する。

鍔にくっついているハムリンは眠っていた。

「こういう状態になっても、普通に眠れるものなのだな」

感心しつつ、ハムリン・ソードで土砂を掘ってみた。

「おっ、おおおお！」

さすが、世界最強の剣。土砂をサクサク掘ることができる。

前輪は問題なし。車輪の外周枠（リム）や中心部（ハブ）が外れていたり、車輪が欠けていたりしているわけではなかった。

後輪はどうなのか。確認するためにザクザク掘る。

使えるのが片手だけなので、ハムリン・ソードがあってもしんどい。

頑張れ、頑張れと自分にエールを送りつつ、なんとか車輪の発掘作業を行った。

ついに、掘り当てたが――。

「車輪がないな」

後輪があるはずの場所には、何もなかった。崖を転がってきた衝撃で、外れてしまった可能性もあるが……。

他の三輪はしっかり残っているのに、一か所だけないというのも怪しい。

事故ではなく、故意の可能性は否めない。

「うーーーーん」

ここで助けを待つのは危険なのかもしれない。

ただ、ひとりでこの場を離れるとなれば、魔物とも対峙しなければならないだろう。

七騎士に命を狙われる以外で、危機にさらされるなんて。ついてないとしか言いようがない。

どうしようか迷った。

けれども、見知った顔の者に裏切られて殺されるよりは、魔物と遭遇した結果殺されるほうがいいような気がする。

「……いくか」

魔物との出会いに別の意味でドキドキしながら、私は家路に就く。

崖下からのスタート。いったい帰りはいつになるのやら。途方に暮れてしまった。

一時間ほど歩いたが、腕を庇って歩いているからか、疲労感が半端ない。

だんだんとお腹も空いてきた。一応、馬車の中でサンドイッチを齧っていたのだが。

残りのサンドイッチは土砂に呑み込まれてしまった。もったいない。

これがゲームだったらぜんぜん辛くないのに……。

ゲームの世界にフルダイブする、大人数オンラインゲームはいつ実現するのかと心待ちにしていた。いつかプレイできるのを夢見ていたのだ。

けれどもその夢は撤回させていただく。

私は生身でゲームをモデルにした世界にいる。仲間もいなければ、チート能力もない。最悪としか言いようがなかった。

ハムリン・ソードを杖のようにして歩いていると、目の前にスライムが飛び込んできた。

「ううう」

魔物の中で最弱と言われるスライム相手でも、骨折していたら辛い。

なんとか足で踏みつけ、討伐する。

だが死んだスライムは、仲間達に救助信号を送っていたようだ。

次から次に、スライムが飛び出してきた。

スライムは分裂して増えるだけでなく、仲間を呼ぶ習性がある。

一体一体は弱くても、束になったらそこそこ厄介な魔物だ。

「わー、色とりどりのスライムが、ご近所様お誘い合わせの上、たくさんお越しくださった！」

辺り一面、ぎっしり集まったスライム相手に、ゼリーを切るナイフのようにサクサク斬りつけていった。

気を晴らすために、スライムのカラーを見て、何味か決めつけながら倒していく。

「こっちはブドウ味、リンゴ味、レモン味、イチゴ味、ドブ味！」

最後は茶色というか、緑というか、なんだかおかしな色合いだった。ドブ以外思いつかなかったのが悔しい。

「はー、はー、はー……」

スライム討伐で、体力と精神力のすべてを使い果たしてしまったような気がする。

もう、一歩も動けない。

少し先に進んだら、休憩しよう。なんて考えているところに、ぽつ、ぽつと水滴が落ちてきた。

「え、もしかして雨⁉」

そう口にした瞬間、バケツをひっくり返したような雨に襲われた。

「嘘だろう⁉」

雨に濡れたスライムが、ピクピク痙攣（けいれん）する。

ズズズ、ズズズと少しずつ動き、一か所に集まっているようだ。

「うわ、やば」

嫌な予感しかしなかったので、回れ右をしよう。そう思ったときには、すでにスライムはひとつにまとまっていて、巨大な水まんじゅうのような形状になっていた。

『ミギャーーーーーー‼』

スライムに口などないのに、不思議な鳴き声をあげ、私を追いかけてくる。

「まじか、勘弁してくれよ‼」

今日はただでさえ馬車ごと崖を転がり、生き埋めになって、片腕を骨折しているというのに。

巨大スライムにまで追われるなんて、ついていない。

雨で地面がぬかるみ、走りにくい。全身が重たく感じて、右手に握っていたハムリン・ソードをその辺に捨てたくなる。

ただ、足を止めたらスライムに呑み込まれてしまうだろう。

骨折した腕を必死になって動かし、馬車馬のように走って、走って、走って、走った。

「――あ！」

ぬかるみに足を取られ、体が傾く。バシャ！　と大きな音を立てて転倒してしまった。

折れた手がクソ痛い。言葉が汚くなっていたが、それどころではなかった。

スライムが迫る。

私を取り込んで栄養にしようと、触手のようなものが伸びてきた。

これから私はスライムの中で、ドロドロに溶かされてしまうのだ。

思わず、葬儀の様子を想像してしまう。

おそらく侍従が、私がどのようにして死んだか、読み上げてくれるのだろう。

死因：溶解死。

「そんなの嫌すぎる‼」

叫んだ瞬間、どーん‼　と大きな落雷があった。

巨大スライムは一撃で倒れ、液体化していく。

「な、なな、何事⁉」

運よく雷が落ちてきたのか――と思いきや、スライムが立っていた場所に人影があった。

もしや、スライムを倒したのは落雷ではなく、なにか強力な一撃だったのだろうか。

雨にも負けない土煙の中から、人影がこちらに近付いてくる。

まさか、私を狙って落ちてきたのではないのか⁉

すっかり腰が抜けているので、逃げることなんてできない。

ここまでか。

そう思いかけた瞬間、目の前に手が差し出された。

「ヨシカ様、大丈夫ですか？」

慌てるような可憐な声。その主には聞き覚えがありすぎた。

「エ、エデン姫⁉」

先ほどの雷のような一撃を繰り出したのは、エデン姫だったようだ。

すばらしい剣の腕前だというのは、魔物討伐で見ていた。けれども彼女はそれ以上の実力を持っているようだ。

いったいどこでレベル上げをしていたのか。まだ、〝パラダイス・エデン〟の本編が始まる前の時間軸だと言うのに。

エデン姫は私の手を握り、立ち上がらせてくれた。

「――っ！」

「あ、申し訳ありません！　力を込めすぎていたようですね」

「いいや、違う。腕をケガしているんだ」

「まあ‼」

エデン姫はすぐさま、ピュイ‼　と銀の笛を吹いた。

すると、どこからともなく七騎士のひとりが降ってくる。

杖の騎士アンヴィであった。

「アンヴィ、ヨシカ様の傷を治しなさい」

「かしこまりました」

執務室で襲撃をされて以来の対峙となる。

嫉妬を司る彼だが、エデン姫の命令に対し、速(すみ)やかに実行していた。嫌がる素振りは見られない。

きちんと躾をしてくれたのだろう。

ズキズキ痛んでいた腕の傷は、一瞬にして癒(い)える。

「ヨシカ様、いかがですか？」

「いや、問題ない。痛みもきれいさっぱり引いた」

「よかった」

大雨が降る中、エデン姫は潤んだ瞳で安堵した様子を見せていた。

彼女を濡らすわけにはいかない、と上着を脱いで頭から被せてやる。

「ヨシカ様が濡れてしまいます」

「私は大丈夫だから。しかしなぜ、ここに？」

「嫌な予感がして、戻ってきたんです。そうしたら、ヨシカ様が乗っていた馬車が、突然転倒し、崖から落ちてしまった、と聞いたものですから」

竜に跨がり、私を捜し回ってくれたらしい。

「大きなスライムに追いかけられているのを発見したときは、心臓が止まるかと思いました」

上空から肉眼で、私が巨大スライムに追われている様子が見えたらしい。視力は鷲や鷹などの猛禽類並にあるようだ。

「では、お城に戻りましょう」

アンヴィは転移魔法も使えるらしい。さすが、杖の騎士様だと感心した。

事故現場から戻った私は、温かい風呂に入り、状況を確認しようと思っていた。
けれども湯あたりしてしまい、倒れてしまう。

そのままの状態で、朝を迎えてしまったようだ。

額に冷たいものが当てられ、とても心地よかった。

愛人の誰かが濡れタオルでも載せてくれたのだろうか？　額に手を添えると、ほっそりとした指先を握ってしまう。

「あ――」

「うん？」

少し驚いたような、可憐な声を耳にし、瞼を開く。

すると、目の前に私を覗き込むエデン姫の姿があった。

「え⁉」

「お目覚めのようですね。具合はいかがですか？」

「ぐっすり眠れたし、目覚めに心優しくも美しいあなたがいたから、最高としか言いようがないのだが」

「まあ」

エデン姫は頬を染め、恥ずかしそうに目を細める。

朝から舌が回る自分自身に驚き、さらに枕元にエデン姫がいる現実にも驚愕(きょうがく)した。

「いや、それはそうと、エデン姫がどうしてここに⁉」

「ヨシカ様が心配で、我が儘(わがまま)を言って看病させていただきました」

「エデン姫が、私を看病していただと⁉」

「はい」

一晩中つきっきりだったわけではなく、愛人達と仮眠を挟みながら行っていたらしい。

「なんというか、心から感謝する」

「いいえ。お役に立てていなかったかもしれませんが」

「そんなこと、ない‼」

気持ちのよい朝を迎えられたのは、エデン姫のおかげだ。感謝してもしきれない。

「まだ朝も早い時間だろう。少し眠ってきてはどうだ？」

「大丈夫です。ぜんぜん眠たくありませんので」

「横になったら、眠れるかもしれない。寝室まで戻るのが面倒であれば、ここでしばし仮眠すればいい」

ブランケットを捲り、隣をポンポン叩く。

すると、みるみるうちにエデン姫の頬は赤く染まっていった。

すぐに私は後悔する。

婚姻前の女性を誘うなんて、はしたないとしか言いようがないだろう。

一応同性同士で、何も起きようがないが、エデン姫は私を男だと思っている。

慌てて弁解しようとしたが――。

「で、では、お言葉に甘えて、少しだけ」

エデン姫は断ったら私に恥をかかせてしまうとでも思っていたのだろうか。

「あの、その、無理に、というわけではなくて、嫌だったらきっぱり断ってくれ！」

気持ち悪いくらい早口になってしまう。エデン姫もドン引きしていることだろう。

そう思っていたのに――。

「嫌ではありませんわ。そのように言っていただけて、その、嬉しいです」

「え、そう？」

じゃあどうぞ、と隣をポンポン叩いてしまう。

エデン姫は控えめな様子で寝台に上がり、横たわった。

花を思わせるいい匂いを目いっぱい吸い込んでしまう。なんだかいけないことをしているようで、いたたまれない気持ちになった。

「こうしてヨシカ様のお傍にいると、とても落ち着きます」

「そ、そうか？」

私はぜんぜん落ち着かない。ソワソワして、ドキドキして、穴があったら隠れたくなるような気持ちになる。

この感情はいったいなんなのか。

エデン姫と同じ寝台に横たわっていることが七騎士にバレたら、一発で仕留められてしまう。

それが不安なのか？

死を間近に感じると、人は胸が切なくなったり、動悸が激しくなったり、体が火照ったりするのだろうか。

長年フェンシングを続けていたとはいえ、命の危機が差し迫った覚えはないので、前世の記憶や経験はまったく役に立たない。

「ヨシカ様」

「ん、なんだ？」

エデン姫は私の手を握り、上目遣いで見てくる。

目と目が合うと、胸を鷲づかみされたように、激しく脈打った。

「これからはお傍を離れず、わたくしがお守りします。ですので、安心してくださいね」

そう言って、エデン姫はやわらかく微笑んだ。

冬まっただ中だった私の心に、春風が漂っていく。冷たい雪が溶け、眠っていた花が芽吹いてきた。温かな感情が、私の中に生まれてしまった。

「あ――」

これはやばい、と瞬時に思う。彼女と早急に距離を取らなければ、取り返しがつかないことになるだろう。ただ今は、睡眠に抗えない。エデン姫が私の腹をポンポン叩いて、寝かしつけにかかっているから。

ひとまず今は眠る。難しいことは、あとで考えよう。

それからどれだけの時間が経ったのか。絹を裂くような叫びで目を覚ました。

「ヨシカ王太子殿下‼」

「んんん？」

うっすら瞼を開くと、そこには慌てた様子の第二王妃の姿があった。

「何か、あったのか？」

「結婚前に、年若い男女が同衾するなんて！」

「はい？」

ありえない言葉が耳に届き、ぼんやりしていた意識が鮮明になる。

隣にはエデン姫がいて、私は彼女に腕枕していた。

初夜を終えた新婚夫婦のような寝方をしていたようで、第二王妃を驚かせてしまったらしい。

「エデン姫！　起きてくれ、今すぐに！」

優しくポンポン叩きながら声をかけると、エデン姫はすぐに目覚めた。

幸せそうに目を細め、とんでもないお言葉を口になさる。

「ヨシカ様、短い間ではございましたが、すてきなひとときをご一緒できて、嬉しく思います」

初夜が明けた妻の、模範解答的な一言であった。

第二王妃への言い訳じみた言葉を、大きな声で主張しておく。

「うむ！　ただ一緒に寝ていただけだがな！」

おそるおそる第二王妃の顔色を窺ってみたが、吹雪の中にいるような冷え切った表情だった。これは確実に、勘違いしている。

「昨日、事故に遭われたと聞いて心配していたのですが、とてもお元気そうで」

「エデン姫が竜で救助に来てくれたんだ。さらに、スライムに襲われていた私を助けてくれた」

「スライムに襲われていたのですか？」

ザコ王子め……という非難めいた視線を第二王妃から浴びてしまう。

エデン姫からこのような目で見られたいのに……。人生とは上手くいかないものであった。

窮地に追い込まれそうになっていたものの、エデン姫が助け船を出してくれる。

「スライムが巨大化した、固有（ユニーク）スライムです。おそらく魔力を含んだ雨に打たれたスライム達が、強化された状態で集まり、そのような状態に変化してしまったのでしょう」

エデン姫の話を耳にしながら、「なるほどな」と思った。

「何はともあれ、事故について少し話を聞きたいので、ヨシカ王太子殿下はあとで私のもとへ来てください」

「わかった」

第二王妃が去ったあと、続けてエデン姫の侍女もやってきたようで、ガウンをまとわせて帰ってもらう。

「はあ」

ため息がひとつ零れる。呼び出しを受けたので、ここでぼんやりしている時間はない。

「そういえばハムリンはどこにいるんだ？」

キョロキョロ探していると、寝台の近くに置かれた円卓にハムリンはいた。銀盆の上に、丸くなって眠っている。一瞬心配して損をした、と思ってしまう。

誰もいなくなった部屋に、愛人達を呼ぶ。ヴォルフ公爵夫人にフォーゲル侯爵夫人、フックス伯爵夫人、ハーン子爵夫人は、私の顔を見るなりホッとした表情を見せていた。

ふと、ひとり姿が見当たらないことに気付く。

「ボック男爵夫人はどこにいる？　他の者は無事だったのか？」

「今日は休ませました。他の騎士も、欠員なく無事に戻ってきております」

「そうか」

「ボック男爵夫人は、殿下をお守りできなかった、と落ち込んでいたようで」

あれは人ひとりが懸命に護衛をしても、防げるものではない。気にする必要なんてないのに。

「殿下、昨日は事故に遭われたとのことですが」

「ああ、ついていなかったな」

犯人はどこかにいる。愛人達を信用したいが、敵がどこにいるのかわからない以上、何もかも打ち明けるわけにはいかない。

ひとまず、昨晩の一件は事故として処理し、こっそり探ろう。


着替えを手伝ってもらい、遅くなった朝食を食べたあと、第二王妃の部屋へ向かった。

ここでも、事故について報告する。

「一応、現場と崖下に落ちていった馬車を調査しますが、ヨシカ王太子殿下が気付いた点などあれば、お聞かせくださいませ」

「いやー、なんだろうな。あの日は風が強かったし、煽られて崖のほうへ横転してしまったのかもしれない」

「それだけですか？」

第二王妃は暗に、誰かの手による犯行だったのではないか、と探っているのだろう。

後部車輪が外れているというのは、馬車を見に行ったら気付くはず。

調査をして犯人を捕まえてくれたら、それはそれで万々歳である。

ただ、手を組んでどうにかしようとは思えなかった。

「そういえば、御者や馬はどうした？」

「どちらとも馬車と共に落下したようですが、騎士隊が救助したようです」

馬車が傾いて崖に転がった瞬間、馬は運よく脱出できたようだ。御者は崖に真っ逆さまだったようだが、途中に生えていた木の枝に服が引っかかり、九死に一生を得たと言う。

被害は馬車が壊れ、私の骨折だけで済んだようだ。

「ヨシカ王太子殿下、どうかお気を付けくださいませ」

「何について気を付けると言うのだ？」

その返答に、第二王妃は「はあ」と呆れが混じったため息をついた。

「どうやらヨシカ王太子殿下と、エデン第七王女の婚姻を、よく思っていない勢力があるようです」

それって七騎士じゃないの？　という言葉は口から出る寸前で呑み込んだ。

彼ら以外に、私の命を狙う存在がいるとは思えなかったから。

ただ、馬車の事故に見せかけた襲撃など、七騎士は回りくどいことはしない。

剣の騎士オルグイユは一刀両断にしようとするし、双剣の騎士アヴァリアスは滅多斬りにする、杖の騎士アンヴィは禁術で炭にしてくれるし、槍の騎士コレールは串刺しにするだろう。鞭の騎士アンピュルテは失血死、盾の騎士グルトヌリーは圧死、弓矢の騎士パレスは毒を塗った矢で確実に仕留めてくれるだろう。

実力があり、怖いものがない彼らは正々堂々、実力で王太子ヨシカを殺しにかかってくる。

昨日のような、事故に見せかけて私を闇に葬るなんてありえない。

七騎士以外に私の命を狙う奴がいる、ということになる。できれば気付きたくなかったのだが。

「ヨシカ王太子殿下、護衛を増やしてみてはいかがでしょう?」

「いいや、大丈夫。昨日のような事故は人の力で防ぎきれるものではないからな」

「それはそうかもしれませんが」

第二王妃は心配してくれているのだろう。実の子ではないのに、優しい女性(ひと)だ。

「とにかく、今はエデン姫を迎えている期間だから、あまり大事(おおごと)にしたくない。事故は起き、馬車は大破したものの、大きなケガ人はいなかった、くらいにしておこうではないか」

「わかりました。ただ、調査はいたしますので」

「ああ、頼む」

話は以上だと言う。思っていたよりも早く解放され、ホッと胸をなで下ろした。

私室に戻る前に、寝室に立ち寄る。扉が開いていて、違和感を覚えたのだ。

「誰かいるのか？」

声をかけたが、返事はない。剣を引き抜き、中を調べる。明らかに、人の気配があった。

「すー、すー……」

「んん？」

寝息のような声が聞こえる。寝台のほうに目を向けると、ブランケットがわずかに盛り上がっていた。

「アダルウォルフか？」

彼にしては、少し大きいような気がする。

この国の王太子である私の寝台に、いったい誰が寝ているというのか。

「おい、そこにいるのは誰だ！」

「……うるさい」

「なんだと⁉」

私に「うるさい」などと言えるのは、父王くらいしかいない。

いったいどこのどいつだ、と寝台へ近付き、ブランケットを一気に剥いだ。

「うーん、寒い」

「こ、こいつは‼」

白い髪に白い肌、少年のような顔立ちと体躯(たいく)を持つ男。

彼はエデン姫の七騎士のひとり、怠惰を司る弓矢の騎士パレスだ。

「おい、お前！　どうしてここで眠っている⁉」

「どうしてって、エデン姫を探しに」

「ここにはもういない」

「でも、残り香がある」

それは、彼女がしばしここに寝ていたからだ——なんて、口が裂けても言えない。

というか、匂いで嗅ぎ分けられるなんて犬か、と言いたい。

起きる様子はないので、首根っこを掴んで強制的に起こす。

「エデン姫は先ほど、自分の部屋に戻った。入れ違いになったのだろう」

「そうなんだ」

他の騎士とは異なり、この男はのんびりした様子だ。

けれども彼は七騎士のひとり。油断ならない相手なのだろう。

「このまま私が首根っこを掴んでエデン姫のもとまで連れて行くのと、自分の足で戻るのと、どちらか選ばせてやる」

「じゃあ、連れて行って」

お前は馬鹿なのか⁉　と言いたいのをぐっと堪(こら)える。

自分の発言には責任を持たないといけないので、宣言通りパレスの首根っこを引っ張ってエデン姫の部屋を目指す。

廊下に出ると、親衛隊の騎士達が何事か、と詰め寄ってきた。

「エデン姫を探しにきた途中に、眠くなって寝室で眠りこけていたらしい」

親衛隊の騎士達が連れて行くと言ったが、彼との約束は守らないといけない。

そんなわけで、パレスを引っ張ってエデン姫のもとへと連れて行ったのだった。

客室の外には、やたら露出度が高い服を着た男がいた。上着は胸の下までしかなく、バキバキに割れた腹をこれでもかと晒している。下半身は短いズボンに腿辺りまである長いブーツを合わせていた。まさか男の絶対領域を見てしまうとは……。

彼はたしか、色欲を司る鞭の騎士アンピュルテだ。

鞭の騎士ってなんだよ、と思ったものの、突っ込んだら負けなのだろう。

アンピュルテはパレスを引きずる私を見るなり、体をくねらせながら声をかけてくる。

「あらやだ！　パレスちゃんったら、またどこかで眠っていたの？」

どうやら彼が行く先々で眠ってしまうのは、日常茶飯事らしい。

というか、アンピュルテはイケイケなビジュアル系バンドのボーカルっぽい見た目をしているのに、言葉遣いや声色はやわらかだった。

「ヨシカ王太子殿下が連れてきてくださったのね。感謝するわ」

丁寧に会釈され、少し拍子抜けする。ゴミのような扱いをされると思っていたのに。

「何か？」

「いや、思いのほか丁重な扱いを受けたものだから、驚いただけだ」

「ごめんなさいね。アタシ達、エデン姫を大切に想うあまり、無条件に結婚するアナタのことが気に食わなくって」

けれどもエデン姫に叱られたらしく、今は改心しているという。

「それに、あなたと一緒にいるのを見ていて、悪い気はしなかったの」

アンピュルテはうっとりした様子で、〝暁の国ゾンネ〟でのエデン姫の様子について語る。

「ふふ……アナタの隣にいるエデン姫はとても勇ましくて、素敵だわ。その様子が見られるのであれば、結婚するのも悪くないって、思い始めているの」

「そうか」

「まあ、他の人はどう思っているか知らないけれど」

アンピュルテは私を殺したいほど憎らしく思っていないらしい。

ひとまず、鞭打ちは回避されるようだ。

「パレスちゃん、よく眠っているわね」

「きちんと首輪をつけて、管理しておけ」

パレスの首根っこをアンピュルテに渡すと、軽々と持ち上げていた。

「エデン姫が戻ったら、言っておくわ」

「どこかに出かけているのか？」

「ええ。すぐに戻ると思うけれど」

「そうか」

せっかく〝暁の国ゾンネ〟にやってきたのだ。買い物や観光など、いろいろ楽しんで帰ってほしい。そういう場所に連れて行ってあげられないのを、申し訳なく思ってしまった。

踵を返すと、アンピュルテが「じゃあね」と甘い声で見送る。

振り返らずに片手を掲げ、戻ったのだった。


執務室に人がいたのでギョッとしてしまう。先ほどのことがあったので、警戒心が強まっているのだろう。

「ボック男爵夫人か。今日は休みだったのでは？」

「殿下がお目覚めになったと聞いたものですから、参上させていただきました」

「そうか」

椅子にどっかりと腰かけ、ボック男爵夫人を労う。

「昨日は迷惑をかけたな。大変だっただろう？」

「いいえ、とんでもないことでございます」

なんでも馬を駆り、王都まで戻ってエデン姫に救助を求めたのはボック男爵夫人だったらしい。

回り道をして崖を下りるよりも、エデン姫や七騎士の竜で助けたほうが早いと判断したようだ。

「エデン姫が助けにきてくれたおかげで、私は無事だった。ボック男爵夫人、感謝するぞ」

「いいえ、いいえ」

ボック男爵夫人は首をぶんぶん横に振り、悲しげな表情を浮かべる。

おそらく私が何を言っても、彼女は自分を責めるのだろう。気の毒になってしまった。

「このとおり、私は元気だ。だから気に病むでない」

「はい。それはとても喜ばしいことなのですが」

もごもごと、言いにくそうにしている。

「どうした？　まだ何かあるのか？」

ボック男爵夫人は首を傾げたかと思えば、天井を仰いで困惑の表情を浮かべる。

「気付いたことがあるのならば、間違っていてもいいから、話してくれ」

その言葉を聞いたボック男爵夫人は、ハッと肩を震わせる。「頼む」と重ねて言うと、こくりと頷いてくれた。

「あの、私の思い違いである可能性もあるのですが」

私の救助を待つ間、ボック男爵夫人は独自に事故現場を調査していたらしい。

「石に乗り上げて均衡を崩したか、はたまた地面の凹凸に車輪が引っかかってしまったのか。どちらかだと想定し、調べておりました」

けれども道は平らで、馬車が傾くほどの障害もなかったらしい。

「事故があった当時、春の嵐も吹いておりませんでした」

「なるほど」

それが意味することは——あまり考えたくない。

「ボック男爵夫人、今回の件については、聞かれても話さないでほしい」

「承知しました」

ひとまず、事故が故意的に発生したものであれば、情報を握るボック男爵夫人が狙われる可能性がある。

誰が私を害そうとしたのか、まったく想像がつかない。

そのため、調査をするならば、独自で行わなければならないだろう。

「ボック男爵夫人、正直に話してくれて感謝する」

「いいえ……お守りできず、申し訳なく思っておりました」

「いい、気にするな、と言っても難しいのだろうな」

ゆっくり休むように命令すると、ボック男爵夫人は深々と頭を下げて帰っていった。

さて、どうすべきか。

ループを繰り返していた王太子ヨシカの日記帳を読み返してみたが、エデン姫との婚約破棄以前に、命を狙われたという記録は見当たらなかった。

つまり、馬車の事故に見せかけた暗殺は、私専用のイベントというわけである。

まったく嬉しくない。

いったい誰が、私を殺そうとしたのか。考えても思い当たる節などなかった。

盛大にため息をつき、気分転換でもしようと窓を開けてみる。

今日は温かな風が吹き、気持ちのいい晴天が広がっていた。

こんな日はアダルウォルフとピクニックに出かけたかった。なんて考えていたら、空に小さな黒い点がいくつか浮かんでいるのを発見する。

「あれは――！」

魔物であれば、結界が弾き返すだろう。そうでないとしたら、エデン姫達が操る竜だ。

出かけていたというエデン姫が帰ってきたのだろう。

隣の部屋にある露台（バルコニー）に出ると、竜の姿は肉眼で確認できた。

エデン姫は私に気付いたようで、すぐ傍まで飛んでくる。

「ヨシカ様、申し訳ありません。出かけておりました」

「ああ、好きに過ごせ」

竜を使ったということは、王都観光をしていたわけではないのだろう。

「あの、そちらに下りても大丈夫でしょうか？」

「問題ない」

腕を広げて待っていると、エデン姫は戸惑うように言葉を返す。

「その、抱き止めてくださるのですか？」

「もちろん」

羽根のように軽いエデン姫であれば、楽勝で受け止められるだろう。

「で、では、お言葉に甘えて」

エデン姫は「えい！」というかわいらしいかけ声と共に、露台目がけて飛んできた。

ドレスのリボンやレースがひらひら舞い、まるで天使の翼のようだ――なんて考えたのは一瞬のことで、全神経で彼女を受け止めることだけに集中する。

「よっと！」

きれいな姿勢で飛んできてくれたので、無事、彼女をキャッチできた。

横抱きにし、ゆっくり優しく降ろしてあげる。

「ヨシカ様、ありがとうございました」

なんでもエデン姫は、露台に着地するつもりだったらしい。踵(かかと)の高い靴を履いているのに、チャレンジャーだと思った。

「まさか、このようにして受け止めてくださるなんて。とても光栄です」

立ち話もなんだと思い、傍に控えていたヴォルフ公爵夫人にお茶を淹(い)れるように命じ、しばし休憩を取ることにした。

長椅子にどっかりと腰かけ、紅茶を飲む。少しだけ、心が落ち着いたような気がした。

向かい合った位置に座るエデン姫は、心配そうに話しかけてくる。

「ヨシカ様、お体の調子はいかがでしょうか？」

「問題ない。折れていたほうの腕も、よく動く。七騎士のおかげだな」

「七騎士がヨシカ様のお役に立てたようで、嬉しいです」

今日はどこに出かけていたのか。もしや、七騎士数名と楽しくピクニックにでも行っていたのか。

気になったので質問してみた。

「エデン姫、竜でどこに行っていたのだ？」

「レント平原のほうへ行ってまいりました」

「それはなぜ？」

「ヨシカ様の事故現場の確認です」

エデン姫は我が国の騎士隊よりも早く、現場を調査したらしい。

「馬車の状態を改めて確認したのですが、車輪の部品にいくつか欠けている物があるようでした」

そういえば、と思い出す。

事故当時、車輪が回る音で目を覚ましたのだが、通常であれば、馬が引かない限りカラカラ回るわけがないのだ。

最初から馬車の車輪に事故が起きるよう、細工が施されていた、というわけである。

「レント平原への行きと帰り、両方の道を調べたのですが――」

なんとエデン姫は七騎士を使い、馬車の部品が落ちていないかどうか調査したらしい。

彼女はガーゼに包んだ何かをテーブルに並べていく。

「こちらは車軸を固定させるためのネジですが、緩められていたようで、帰り道に落下しておりました」

草むらに転がっていたのを、七騎士のひとり、憤怒を司る槍の騎士コレールが発見したらしい。

彼の五感は他の騎士より優れているらしい。警察犬のごとく、調査に協力してくれたようだ。

なんというか、感覚が他人よりも研ぎ澄まされているので、コレールは怒りっぽいのかな、などと思ってしまった。

「とても申しにくいことなのですが、ヨシカ様、あなたは何者かに命を狙われているようです」

「そうか」

私が驚く様子を見せなかったからか、エデン姫の眉間に皺がぎゅっと寄る。

「もしや、以前から命を狙われていたのですか？」

「いいや、このような事態は今回が初めてだ。どうにも違和感があって、事故直後にさらっとだが、馬車を確認したのだ。それで、後部車輪が外れていたので、もしかしたら、誰かが細工をしたのではないのか？　と考えていた」

「そう、だったのですね」

「どうやら私は、何者かに死を願われているようだ」

もしくは、なんらかの脅迫なのかもしれないが。

事故を装って脅されても、なんに気を付ければいいのかわからない。

「いったい、誰がヨシカ様にそのような行為を働いたのか……！」

穏やかで微笑みを絶やさない、エデン姫の表情が怒りで歪む。

そんな表情もまた美しい。なんて見とれている場合ではなかった。

「まあ、それについては調査するつもりだ」

疑うべき者達は傍にいた者全員である。愛人達ですら、嫌疑をかけなければならない。

心が痛むが、これくらい徹底しないといけないだろう。

「ヨシカ様、その調査に、わたくしも協力させてください！」

「それは――」

今回の事件にエデン姫は巻き込みたくない。

けれどもまっすぐな瞳で見つめられると、目をそらせなくなる。

本来ならば彼女や七騎士も、容疑者として疑わなければならないのに。どうしてか、「彼女は絶対に違う」という確信があるのだ。

「わたくしは犯人が、どうしても許せないのです。ヨシカ様、どうかお願いします」

生まれ変わり、前世について思い出してから、本当の意味で私の味方という存在はいないのではないか、と考えていた。

愛人達はずっと傍にいてくれたが、彼女達が心から信頼し、仕えたのは母である。

死んだ母に、忠誠を誓っているようなものだった。

ハムリンはいまいち役に立たないし、第二王妃は互いに探り合っている部分もあって、信用しきれていなかった。

アダルウォルフの存在がもっとも味方という存在に近いものの、彼は庇護下に置いていかなければならない。肩を並べ、頼りにし合える関係になるまでは、まだ数年かかるだろう。

そんな意味で、私は孤独だったのだ。

しかしながらエデン姫は唯一、私と対等な位置に立ち、手を貸そうとしてくれる。

見返りなんてあげられないのに、この事件に介入しようとしていた。

もしかしたらエデン姫自身の命も狙われることなど、欠片も恐れていないのだろう。

彼女の強さが眩しい。

「気持ちはとても嬉しい。しかしながら、事件に巻き込まれて、エデン姫にケガを負わせてしまったら、アーベント王に合わせる顔がなくなってしまう」

エデン姫は何を考えたのか、立ち上がって私の前までやってきて、目の前に跪く。

「なっ！」

その体勢はよくない。そう言おうと思ったのに、ジッと見つめられて動けなくなる。

まるで森の中で気高き野生動物と出会い、身動きが取れなくなってしまうようだった。

「どうかわたくしを、〝宵の国アーベント〟の第七王女ではなく、ただのエデンとして見ていただけないでしょうか？」

「それは――」

とても難しいのではないか。という言葉を口から出る寸前で呑み込んだ。

彼女の身柄はただひとりだけのものではない。〝宵の国アーベント〟の姫君として大切に育てられた御身(おんみ)だ。

そんな女性を、命が狙われている事件に巻き込むわけにはいかなかった。

「ヨシカ様、これはわたくしの我が儘なのです。どうか、お聞き入れいただくよう、お願いします」

エデン姫は忠誠を誓う騎士のように、私の手を握って頭(こうべ)を垂れる。

このような行為など、今すぐにでも止めさせたいのに。体が硬直し、動かなかった。

「……仮に、エデン姫をただの〝エデン〟として見るならば、あなた以上に頼りになる女性(ひと)はここの世界に、どこを探してもいないだろう」

そう言い切った瞬間、エデン姫は立ち上がって私に抱きついてきた。

「ヨシカ様！　とても嬉しいです！　すべて、わたくしにお任せください！」

「いや、待て。今、〝仮に〟と言ったぞ！」

「聞いておりませんでした」

キョトンとした表情で、言ってくれる。これは知っていて、知らぬふりをしているのだろう。なかなかしたたかなところがある。

ひとまずエデン姫を膝の上に座らせ、至近距離で説明した。

「先ほども申したが、私は〝暁の国ゾンネ〟の王太子、あなたは〝宵の国アーベント〟の姫君だ。それらの地位を取り払って付き合うことなど――む!?」

エデン姫は何を思ったのか、私の唇に人差し指を当てて、これ以上喋らせないようにしてきた。

「ヨシカ様――わたくしのすべてを、受け入れてくださいませ」

彼女の濡れた瞳が、甘い声が、唇に押しつけられた指先が、私の思考を停止させる。

「どうか、どうか、お願い申し上げます」

彼女を事件に巻き込んではいけない。そう強く思っていたのに、かくん、と首が勝手に頷いてしまった。

「よかった！」

安堵したエデン姫の表情は、とろりと蕩(とろ)けたチョコレートよりも甘い。

ここでようやく唇から指が離される。自由になったはずなのに、否定する言葉なんて出てこない。いったいどうなっているのか、と自らの舌先に疑問を問いかけそうになる。

「あの、ヨシカ様、もうひとつお願いがあるのですが」

彼女のためならば、なんでも叶えてやろう、という気さえ起きてきた。

「わたくしのことは、これからエデン、とお呼びくださいませ」

「いや、それは難しい」

「お願いいたします」

キラキラな瞳で懇願されると、どうにも断れない。

最終的にはわかった、と頷いてしまう。ただ今回ばかりは、交換条件を出した。

「ならば、私のことはヨシカ、と呼び捨てにしてほしい」

「そんな！　ヨシカ様をそのように呼ぶなど、許されるわけがありませんわ！」

「では、私も敬称を付けたままで呼ぼうではないか」

なんて言葉を返すと、エデン姫は眉尻を下げながら、首を横に振る。

彼女にこのような表情をさせているのは誰だ！　と憤ってしまったものの、他でもない私自身であった。

「これからは、ヨシカ、と呼ばせていただきます」

「わかった、エデン。これでいいか？」

「はい！」

表情がパーッと明るくなったので、ホッと胸をなで下ろした。

話が決着したところで、ハッと我に返る。

エデンをこのように膝に座らせた状態で、普通に会話をしていた。

「その、エデン。すまない、普通に話そう」

「普通、とは？」

「隣に座ってくれ。近すぎて……照れる」

「まあ！　申し訳ありません」

「いや、私が始めたことだから、気にするな」

エデンは頬を染め、恥ずかしそうな様子で隣に腰かける。

「あー、その、なんだ。これからどうしようか？」

独自で調査すると言っても、完全にノープランである。

いつどこで誰が私を狙ってくるか、というのもまったく想像できていない。

「容疑者を絞ったほうがよろしいかと。心当たりはありますか？」

「うーむ、わからん」

愛人が五人もいて女性関係にだらしないイメージはあるだろうが、普段は真面目に働いている。

特に、父王が倒れてからは、国王の執務も担っていた。

私を殺して困るのは、父王や大臣達だろう。

「ということは、犯人はそれ以外の者達、なんですね」

「おそらく」

ここで、エデンがとんでもない作戦を提案する。

「では、わたくしが変化(へんげ)の魔法を用いてヨシカになりすましますので、命を狙う輩(やから)が現れたら、仕留めて差し上げます」

「へえ、そんなことができるのかーって、危険だろうが‼」

気持ちいいくらいのノリツッコミが決まった。

エデンは危険性を理解していないのか、かわいらしく小首を傾げている。

「あなたを身代わりにするなんて、絶対にできない」

「しかしながら、事件はわたくしがやってきてから起きたというので、もしかしたらわたくしとヨシカの結婚をよく思わない者の犯行かもしれません」

その可能性は否めないが、だからと言って、エデンを餌に犯人を引き寄せることはできない。

「でしたら、どうやって犯人を迎え討つのですか？　この前のように、事故に遭って骨折した、ということなど、あってはならないと思うのですが」

「それはそうだが」

私もできるならば、自分自身を危険に晒したくない。けれどもエデンが私に成り代わる案は、絶対に全力で却下である。

「ならば、七騎士に頼みますか？」

「いや……」

エデンの命令ならば七騎士は従うだろうが、それはそれで恨みを買ってしまいそうだ。

可能な限り、七騎士との接触は減らしていきたい。

「七騎士も変化の術を使えるのか？」

「ええ。魔法で姿を変えるというのは、〝宵の国アーベント〟では日常的に行われるものなのです」

姿を変化させても、魔力の質は変わらない。そのため、誰だか分かるのだと言う。

「それゆえ我が国の者達は自身も他人も、見目を気にしないというか、無頓着な者が多いようです」

ファッションを楽しむように、外見を変えているのだという。

ただでさえ変化せずとも美しい容貌を持つ者ばかりなのに、その辺を気にしていないとは。

「ならば、相手の容姿を見て惚れる、ということはないのか？」

「はい、ないかと思われます。惹(ひ)かれるとしたら、内面です。その人がどういう器に入っているかは、まったく関係ないように思います」

「なるほどな」

人を好きになるのに、見目は関係ない。そういう文化があるのは、〝宵の国アーベント〟独自のものなのだろう。

「たとえば、どういったときに他人に対して強く惹かれるのだ？」

「わたくしは、ヨシカが作ってくださった歌がきっかけでした」

「ん？」

「心地よい旋律と、どこか不慣れだけれど一生懸命考えてくださったであろう歌詞……毎日聞いているうちに、ヨシカはどんな御方なのか、気になってたまらなくなりました。実を言えば、あなたの様子を、一度だけ魔法の鏡で覗き見たことがあります」

魔法の鏡というのは、遠方の相手の様子を窺うことができるものらしい。

使い方は簡単だという。対象となる者の私物を水に浸け、呪文を唱える。すると、その水が鏡のように、相手の様子を映し出すようだ。

「ヨシカからいただいた手紙の封筒を浸けて、様子を窺っておりました」

「いつ？　どの瞬間を？」

「数か月前の、大きな黒い狼と戦う様子です」

黒い狼というのはアダルウォルフのことだろう。おそらくだが、私が地下牢に閉じ込められた彼を救出に行った場面を目にしたのだ。よりによって、それを見られていたなんて。

「魔物のような獣相手に、あなたはとても心優しかった。その様子に、わたくしは心を打たれてしまったのです」

「そ、そうか」

どうやら、これから彼女を口止めしなければならないらしい。

何を材料にすればいいのか。色仕掛けは——見た目を重視しない妖精姫に効くわけがない。

それに色仕掛けのやり方なんてわかるはずがなかった。せっかくいい顔面を持っている人に生まれ変わったのに、活用できなくて申し訳ない。

「エデン、ひとつ、いいだろうか」

「なんでしょう?」

「とりあえず、覗きはよくない」

「はい。反省しております」

しょぼんとし、肩を落とす様子を目の当たりにしたら、「いつでも見ていって～」なんて言いたくなる。

それらをぐっと呑み込んで、今は反省していただいた。

「うっかり見てしまった内容は、墓場まで持っていってほしい」

「それはもちろんです。ヨシカと一緒のお墓に入るまで、一生誰にも喋りません」

「うん、うん、うん???」

夫婦が一緒の墓に入るのはなんら不思議ではない。

ただ、私はこの先彼女と結婚するつもりはない。エデンから婚約破棄されて、国外追放される予定なのだ。

暗殺騒動のゴタゴタがあったせいで、作戦を何一つ遂行できていないではないか。今になって気付いてしまった。

ここで、エデンにすべて打ち明けてしまおうか。なんて考えがちらりと脳裏を過る。

地球にある日本という国に生まれ、この世界とまったく同じ世界観のゲームをしていた。そして気付いたら、王太子ヨシカに転生し、今に至るのだ——なんて話を、誰が信じるというのだろうか。

おまけに私は性別を偽っている。それに関しては、体を見てもらえば証明できるだろうが。わけがわからないことを言って彼女をドン引きさせ、さらに性別を告白する。

エデンは私に失望し、婚約を破棄するだろう。

しかしながら、どうしてかそれについて考えると、胸がチクチク痛む。

もしや、彼女と別れたくない、と心が訴えているのだろうか。

エデンは愛らしく、清らかで、儚い。けれどもそれだけでなく、剣を握って戦いに挑む勇ましいところもあった。

繊細なのに頑丈で、美しい——どこかちぐはぐで、健気な人を、私はいつしか〝愛おしい〟と思うようになっていた。

まだ出会って数日しか経っていないというのに、私はいったいどうしてしまったのか。

気付いた瞬間、ガーーーーン、とショックを受けてしまう。

よりにもよって、好意を抱く相手がエデンだなんて。

それくらい、彼女を好きになるというのは、私にとって衝撃的だった。

これまでたくさんの人に出会ったが、心を奪われることなんてなかったのに。

あまりにもチョロすぎやしないか。

前世のときから、私は他人との付き合いに対して慎重だった。

フェンシングのクラブに所属していたころから、周囲の人達との不仲が原因で、辞めていく人をたくさん見てきたのも、そうなってしまった原因のひとつだろう。

本心を見せずに、常に穏やかでいて、人の話に耳を傾ける。そういう姿勢でいたら、居場所を追われることはない。

だから本心は胸の奥に隠して、他人と接していたのだ。

それなのに、それなのに、エデンは私の心にするする入り込み、温かく包み込んでくれる。それは酷く心地よくて、離れがたいと思ってしまうのだ。

この感情には強く蓋(ふた)をしないといけない。

でないと、私は命の危機に晒されてしまう。ここの世界も、ループから抜け出せないだろう。

気合いを入れ直し、エデンという名の煩悩(ぼんのう)を脳内から追い出す。

「ヨシカ、どうかなさったのですか?」

私を案ずるように、神妙な表情で問いかけてくる。

「いいや、なんでもない」

首をぶんぶん振って、エデンが視界に入らないよう努めた。

話題を元に戻そう。

「それで、調査についてだが、私に変身して身代わりになるという案は却下だ。ただ、方向性はいいだろう」

私のダミーを置き、襲撃に備える。問題はダミーをどうするか、だろう。

「では、ヨシカの精巧なドールを作って、幻術で本物に見えるようにするとか?」

その案を聞いてハッとなる。

「そうだ、幻術だ！」

私がもっとも得意とし、唯一使える魔法。

幻術で私のダミーを作りだし、執務をしているように見せかけたらいい。

仕事は別の部屋ですればいいので、まったく問題ない。

「執務室の様子を、魔法の鏡とやらで確認することは可能か？」

「もちろんです」

対象が人でなくても、その場に長い間置いている品物があれば、覗き見るのは可能らしい。

続けて、エデンに幻術を使った作戦について説明する。

「幻術を常時展開？　そんなことができるのですか？」

「私ならば可能だ」

なんでも魔法に精通したアーベント人でさえ、幻術を常時展開させるのは難しいと言う。

「できたとしても、半日くらいが限界だと思います」

「そうなのか？」

ここ数か月、黒い狼がいた場所に幻術を展開し続けている、と説明するとエデンは驚いていた。

「それは、すさまじい才能です！　さすが、ヨシカです」

特に隠しもせずに使っていた能力だったが、常人離れしたものだったらしい。

今後、エデン以外には話さないようにしたほうがよいかもしれない。

念のため、エデンに幻術を披露してみた。私の姿を魔法で作ってみせる。

「これが、幻術なのですか？　本物のヨシカにしか見えません」

　エデンは幻術の私にぺたぺた触れる。触り心地まで感じると言う。

「ヨシカの温もりも、頬のなめらかさも、逞しい胸板も、きちんと再現されております」

「うん……」

　逞しい胸板と耳にして切なくなったものの、現実は認めないといけない。

　それよりも、幻術の私にぺたぺた触れないでほしい。

　直接触っているわけではないのに、酷く恥ずかしい気持ちになっていた。

　ただ、興味本位でしているのではないだろう。何かを確かめるようだった。

「これは、おそらく高位の幻術です」

「幻術にランクなんかあるのか？」

「ええ。通常、幻術はかかった者や周囲の者達が〝幻術がかかっている〟という自覚があれば効かないものなんです。しかしながら、この幻術で作りだしたヨシカは幻術だとわかっているのに、本物だとしか思えません」

「なるほど」

　これ以上エデンを惑わせるのも悪いので、幻術の私は消した。すると、エデンは悲しそうな表情を浮かべる。

「エデン？」

「あ――申し訳ありません。ヨシカが本当に消えてなくなるように見えてしまい、胸が痛んでおり

ました」

「それは幻術で、私が本物だ」

手を差し伸べ、確認するように言う。すると、エデンは私の手を両手で取り、頬をすり寄せてきたのだ。

なんてかわいいことをしてくれるのか。叫びそうになったが、寸前で呑み込む。

〝パラダイス・エデン〟のエデンファンブックにさえ、今見たような愛らしい様子を描いたものは収録されていなかっただろう。

まさかの行動に、追い出していたエデンへの煩悩が爆発しそうになる。

この女性(ひと)は本当に危険人物だ。沼から抜け出せなくなる前に、距離を取っておいたほうがいいだろう。

とりあえず、犯人を探すための仕掛けは完成した。

「あとは、私がどうするか、だな」

エデン姫は変化の魔法で姿はどうにかできると言う。

「変装はあまり得意でないのだが……」

「侍女やメイドに扮するのはいかがですか？」

「女装か……」

以前行った女装は信じがたいほど似合っていなかった。私の人生の中で黒歴史となっている。

「肩幅が張っているからな。ごつごつと角張った女になるだろう」

「美しいと思うのですが」

彼女は女装した私を見たことがないので、そんな発言をしてくれるのだろう。

「女装はなしだ」

まだ全身を覆う板金鎧の騎士になったほうが、姿を偽れる。ただ、騎士隊の者に見つかって身なりを調べられたらアウトだ。

「ヨシカ、私達の国には、猫化や犬化できる魔法薬が存在します。パーティーの余興に使うかもと思い、いくつか用意したので、使ってみますか？」

「よ、余興？」

「はい。七騎士から余興に使いたい、と言ってきたものですから」

なんだそれ、見てみたい。

七騎士から言ってきたというのも驚きなのだが。

その魔法薬を飲んだら、一日中、犬や猫になれるらしい。

「なるほど。いいかもしれない」

猫化、犬化案を即座に採用する。

私が飼っている獣だと紹介しておいたら、親衛隊や愛人達も受け入れてくれるだろう。

「猫と犬、どちらがいいのだろうか？」

「猫のほうが周囲の警戒心は薄く、自由気ままに行動しても怪しまれないのでいいかと」

犬がその辺を歩いていたら、「なんだあの犬は！」と不審に思われるかもしれない。でも猫がいても、「猫か」と思うだけだ。

「たしかに一理あるな。では、猫にしておこう。エデンはどうする?」

「わたくしは、ヨシカの侍女に変化しようと思います」

侍女、というのは愛人達のことだろう。

休んでいる者に変化し、私の傍にいてくれると言う。なんとも頼もしい限りだ。

「では、すぐにでも試してみようか」

まず、執務室に戻って私の姿を幻術で作る。問題なく再現された。

あとは、書類の束を寝室へ持ち帰り、ここを拠点とする。

「エデン、魔法の鏡を試してくれるか?」

「はい、ただいま」

水差しの水を、朝の洗顔用の桶(おけ)に注ぐ。そこに執務室にいつも置いているインクを付け、魔法を展開させた。

すぐに座標が定まる。

幻術で作りだした私が、せっせと仕事をしている様子が映し出された。

「よし。こっちも問題なしだな」

「ヨシカ、わたくしの幻術も展開していただけますか?」

「もちろん」

そうだった。幻術で身代わりが必要なのは私だけではない。

エデンの分も作ると、彼女は感嘆の声をあげた。

「まあ！　これが幻術で作りだしたわたくし。本物にしか見えません」

ドッペルゲンガーを目にしたような、不思議な気分だと言う。

幻術のエデンは寝室から廊下に出ると、すぐに待機していた七騎士が駆け寄ってきたようだ。

魔力の質でエデンではないとバレるかもしれない――なんて危惧していたものの、私の幻術はエデンの気配や能力まで惑わす力があるようだった。

七騎士達は疑いもせずに、幻術で作ったエデンの傍につく。

十八歳くらいに見える青年は、強欲を司る双剣の騎士アヴァリアスだろう。

なぜ、寝室から出てきたのか、とエデンに詰め寄っていた。

本人の再現度百パーセントの幻術は、「少し休んでいただけです」とエデンが言いそうなコメントを返す。

アヴァリアスは幻術のエデンと気付かず、彼女と共に去って行った。

「こちらも問題ないようだ」

「ええ」

あとは、私の猫化についてである。

「魔法薬は手元にないから、明日からでいいか」

「今、魔法薬をお出しすることは可能ですが、いかがなさいますか？」

「持っているのか？」

「はい」

エデンが人差し指をくるくる回すと、魔法陣が浮かび上がる。

そこからかわいらしい瓶が出てきた。

「ん？　それは、空間魔法か？」

「ええ」

空間魔法というのは、異空間にスペースを作って物を収納する。呪文を唱えたら、いつでも取り出せるという便利魔法だ。

猫化の魔法薬は蓋に猫耳が付いていて、とても愛らしい。

「変化の魔法薬なんぞ、初めて見たな」

「わたくしの国では、雑貨店に売っているほど、身近なんです」

「そういえば、見た目の変化はオシャレ感覚だったな」

「そうなんです」

蓋には〝ベリー味〟という札が付いていた。魔法薬は苦くて不味（まず）い、というイメージがあるのだが、さすが、日常的に使われている物だ。味にも工夫が施されていた。

「では、いただこうか」

猫耳の蓋を取り、一気に飲み干した。

シュワシュワと微炭酸で、ベリーの甘酸っぱさが口の中に広がる――かと思えば、舌先がピリピリしだした。

目の前が霞んでいき、くらり、と目眩（めまい）を覚える。

立っていられなくなり、床に膝を突いた。

「ヨシカ、ヨシカ、大丈夫ですか？」

『んみゃあ～～』

大丈夫だ、と言ったつもりだったが、口が上手く回らない。

布に埋もれそうになり、平泳ぎをするように手足を掻く。

もう一度、はっきり平気だ、と言ったつもりが『みゃん！』としか答えられなかった。

成人した大人がこのようにうみゃうみゃ喋るなんて、どうかしているとしか思えないのだが。

「無事、猫化に成功したようですね」

エデンの言葉でハッとなる。そうだ、私は猫化の魔法薬を飲んだのだった。

成功した、ということは、今、私は猫になっているのだろう。

私を呑み込むように重ねられていた布は、着ていた服のようだ。

飲む前に確認すればよかったのだが、どうやら喋ることができないらしい。

『んにゃな、にゃにゃにゃ！』

どうしてこうなった‼　と叫んだが、猫の鳴き声にしかならなかった。

エデンが猫に変化した私の姿を鏡で確認させてくれる。

赤い毛並みを持つ、なかなか派手でけばけばしい猫が映っていた。

『にゃっ、にゃあ……⁉』

明るい茶色の毛並みの猫を赤毛と呼ぶ。けれども私の場合は、ストレートに赤色だ。このような色の猫は存在するのか。

「ヨシカ、とっても愛らしいです」

『にゃあ』

エデンが何も言わないので、大丈夫なのだろう。たぶん。

「では、わたくしはヨシカの侍女に……。えっと、今日、お休みなのはどなたですか？」

本日は全員出勤予定だが、ボック男爵夫人は急遽休みにさせた。

『にゃっく、にゃんにゃくにゃいん！』

名前を伝えたものの、すべて猫語に変わってしまう。

「ボック男爵夫人ですね。承知しました」

『にゃ、にゃにゃにゃっにゃう⁉』

伝わってる⁉　と驚いてしまった。猫語がわかるのか、と質問すると、エデンは微笑みながら頷いてくれた。

さすが、フェアリー・プリンセス。我が国の言葉だけでなく、猫語も理解しているようだ。

エデンが魔法の呪文を唱えると、その身は眩(まばゆ)い光に包まれた。

一瞬で、ボック男爵夫人の姿へ変化する。

「ヨシカ、違和感はないですか？」

『にゃう！』

問題ないと太鼓判を押すと、エデンはホッと胸をなで下ろしているようだった。

「ああ、そうだ。お名前はどうしますか？」

『にゃうううう』

自分に名前を付けるなど、難しいように思えてならない。

エデンに頼んでみると、思いがけない提案をしてきた。

「では、〝シーカ〟というのはいかがですか？」

シーカ――それは私が以前、女装したさいに使っていた偽名である。とっさに出た名前であったが、ヨシカに近くていい名だと思っていた。

ふと、シーカと唯一名乗ったアーベント人の男性について思い出した。

顔立ちはよく思い出せないが、再会したときに名乗る、と言っていたような。

彼について、エデンは知っているだろうか？

ただ、記憶が曖昧なので、上手く伝わる気がしない。そのうちやってくるという言葉を信じ、待つしかないのだろう。

「どうかなさいましたか？」

『にゃううん』

なんでもない、と返すと、エデンはこくりと頷いた。

「あの、呼び間違いがないように、これからヨシカのことも普段からシーカ、と呼んでもいいですか？」

『にゃん！』

もちろん、と伝える。愛称で呼ばれたことがないのでくすぐったい気持ちになるが、エデン相手だったら特別に許す。

周囲の者達は猫の名と私の愛称が一緒なのはなぜ？　と思うかもしれないが、わざわざエデンに対して問いかける愚か者などいないだろう。

「さっそく、みなさまにシーカを愛猫だと、紹介して回りましょうか」

『にゃう！』

頼む、と返すと、エデンは「失礼します」と言ってから私の体を抱き上げた。

丁寧に横抱きにされたが、瞬時に「やばい‼」と思う。

下半身にニャン玉がないのに気付かれてしまったら、女性だとバレてしまう。

もっと早く気にかけておくべきだった。

慌てて仰向けの体勢から、うつ伏せの体勢に変えた。

「あら、ごめんなさい。抱き上げ方が悪かったようですね」

『んみゃあ』

この恰好でお願いします、と頼んだのだった。

ボック男爵夫人の姿に変化したエデンは、親衛隊や愛人達に私を紹介して回る。

ヴォルフ公爵夫人は私を見るなり、顔を顰める。

「猫ですか？　また、急ですね」

私の顔を覗き込み、ため息を吐く。

「あまり、賢そうに見えないのですが」

『んんにゃぁ‼』

なんだと‼　と叫んだが、言葉にできるわけもなく。がっくりとうな垂れてしまった。

フックス伯爵夫人は、思いがけないことを私に言ってきた。

「猫ですか、いいですね。屋根裏にネズミがいるらしいので、どんどん狩っていただきましょう」

『みゃあああ』

ネズミは無理〜〜と叫んでいたら、エデンにくすくすと笑われてしまった。

ハーン子爵夫人は、とてつもなく想定外の反応を示す。

「あら、かわいこちゃんでちゅねえ。大人しくて、とーってもかわいい。いい子、いい子」

『に、にゃあ？』

普段、ツンとしている彼女だが、猫を前にすると赤ちゃん言葉になってしまうらしい。意外過ぎる一面であった。

フォーゲル侯爵夫人も似たような態度だろう。そう思っていたのだが……。

「きゃあ！　猫！　わ、私、猫ちゃん苦手なんですよー」

猫の姿を見るなり、一気に壁際へ逃げて行った。

まさか、猫が苦手だったなんて。

猫の姿のときは、なるべく近寄らないようにしよう。

親衛隊の面々は、おおむね猫好きのようだった。撫でられそうになったが、シャー！　と鳴いて回避する。

なんというか、猫は威嚇しても「かわいいなー」と言ってもらえる生き物だ、ということがわかった。

なんて羨ましい世界に生きているのか。

もう、猫として暮らしていきたい、とすら思ってしまった。

最後に、アダルウォルフのところに連れて行ってくれた。

「え？　ヨシカ殿下が猫を飼っただって？」

みるみるうちに目付きが変わり、ずんずんとこちらへやってくる。

ジロリと睨みつけ、唸り始めた。

「ヨシカ殿下に取り入るなんて、気に入らない猫だな！」

接近すると、くんくん匂いをかぎはじめた。

「こんなにヨシカ殿下の匂いがべったりついて！　どれだけかわいがってもらったんだ！」

首根っこを掴もうとしたが、エデンが私の体を上に掲げる。

彼女が変化したボック男爵夫人は背が高いので、アダルウォルフが背伸びをしても届かない。

「おい、こいつに序列というものを叩き込んでやるんだ！　よこせ！」

「申し訳ありません。シーカは殿下の大切な愛猫ですので、お触りはご遠慮いただきます」

「なんだと⁉」

アダルウォルフはぴょんぴょん跳びはねていたが、はた、と動きを止める。

「ん？　ボック男爵夫人、お前、いつもと匂いが違うな」

ドキッと胸が大きく脈打つ。

アダルウォルフはフェンリル族の血を継いでいるので、匂いに敏感なのだ。

私の匂いはかわいがってもらっているからと誤魔化せたが、ボック男爵夫人はなんと言い逃れをするのか。

エデン！　と祈るように肉球と肉球を合わせた。

「匂いですか？　香水を変えてみたんです。いかがでしょうか？」

「なんか、どこかでかいだ記憶があるが……気に食わない匂いだな」

それは反感を抱くエデンの匂いだからだろう。

なんとかバレずに済んだようで、心の中で彼女に感謝した。

「では、この辺で失礼します」

「ヨシカ殿下に、その猫はよくない、と言っておいてくれ」

「それはご自身でお伝えください」

悔しそうな表情を浮かべるアダルウォルフを部屋に残し、我々は撤退する。

ひとまず、傍にいる者達への顔見せは済んだ。すれ違っても、猫が侵入している、という騒ぎにはならないだろう。

あとは明日、朝一番にボック男爵夫人に猫の姿を紹介すればいい。

『にゃにゃ、にゃーんにゃにゃにゃにゃにゃにゃん、にゃにゃん』

「明日はハーン子爵夫人がお休みなのですね」

無事、伝わったのでホッと胸を撫で下ろした。

寝室に戻った途端（とたん）に、ハッと我に返る。

これから仕事をしようと思っていたのだが、猫の姿ではどうにもできない。

『にゃ、にゃにゃ〜〜!!』

「あの、よろしければ、わたくしがお手伝いしましょうか？」

なんでもエデンは、他人の筆跡を真似ることが得意らしい。何度も私が書いた手紙を読んでいたらしく、見なくても書くことができるようだ。

なぜ、そんなことができるのか。うっかり口に出してしまったら、理由についてエデンは答えてくれた。

「筆跡を真似た手紙を書いて、シーカから本当にお手紙をいただいた気分になっていたんです。えっと、その、こういうのはあまり気持ちがいいものではないですよね？」

『にゃ、にゃにゃ！』

ボック男爵夫人の姿なのに、小首を傾げる様子がかわいい!!　と思ってしまう。

なんというか、エデンは見た目ではなく、言動や挙動のすべてが愛らしいのだな、と確信した瞬間であった。

私から手紙を貰ったごっこについては、ノーコメントとさせていただく。

ただ、手紙をあまり送っていなかったので、心の中で反省した。

彼女に執務を手伝わせるのは、国家秘密の漏洩になる。

けれども書類を私が読んで署名をさせるだけならば、問題ないだろう。

深々と頭を下げ、「どうぞおねがいします」と頼んだのだった。

猫の肉球は、書類を捲ったり、承認箱に入れたりするのに便利だった。

ふわふわとかさばっている猫の体も、国家機密を隠すのに役立つ。

エデンは私が書いたとしか思えない筆跡を再現し、次々と署名してくれた。

おかげさまで、思っていたよりも早く仕事が片付いた。

あとは、執務机においておけば、ヴォルフ公爵夫人が書類を回収しにきてくれるだろう。

幻術の私も、休憩させておく。すると、フォーゲル侯爵夫人がお茶を運んできてくれた。

フォーゲル侯爵夫人はキョロキョロと辺りを見回す。猫を探しているようだった。

お茶も幻術で飲んだように見せかけることができる。けれどもそれをしようとしたら、エデンが待ったをかけた。

「シーカ、よい品がございます」

エデンが空間魔法で取り出したのは、パタパタと飛行する白い蝶だった。

『にゃんにゃ？』

「こちらは毒味蝶と申しまして、毒を口に含むと翅が赤く染まる魔法生物なんです」

そんな生き物がいたのか！

なんでも契約を交わした、使い魔のような存在らしい。

毒を好んでおり、一週間に一度は与えないといけないのだとか。毒味蝶の姿は契約者と契約者が許可した者にしか見えないらしく、発見される心配もないらしい。

この毒味蝶の力を借りたら、毒を正しく感知できるだろう。

「使ってみますか？」

『にゃう！』

「承知しました。では——」

エデンが呪文をぼそぼそ唱えると、毒味蝶が指先に留まる。窓を開いたら、ひらひらと翅を羽ばたかせて隣にある執務室へ飛んで行った。

同じく窓が開いている執務室に侵入し、先ほどフォーゲル侯爵夫人が淹れた紅茶のカップに飛んでいった。

魔法の鏡を通して様子を窺う。花蜜をチューチュー吸うように、毒味蝶は紅茶を飲んでいるようだった。

きちんと紅茶を飲んでいると偽装できるし、便利な生き物だ。

暗殺を警戒する間、紅茶だけでなく、食事も毒味蝶の力を借りよう。だなんてエデンに言おうとした瞬間、毒味蝶の翅がじわじわ赤く染まっていく。

『にゃにゃ⁉』

「これは——！」

みるみるうちに毒味蝶の翅が真っ赤になっていった。誰かが私の紅茶に毒を仕込んでいたようだ。

『にゃにゃ、にゃあああん⁉』

「シーカ、落ち着いてください」

エデンが私を抱き上げ、優しく背中を抱きしめてくれる。すると、少しだけ冷静さを取り戻した。

それにしても、フォーゲル侯爵夫人が私に毒を盛るなんて。

『にゃにゃ、にゃああああ……』

「いえ、まだフォーゲル侯爵夫人が犯人だと決めつけないほうがよいかと」

なんでも事前に毒をカップに塗っていたり、茶葉に仕込んでいたり、愛人達が使う手袋に毒を塗っていたりと、毒の仕込み方はさまざまらしい。

いったいどうすればよいものか。エデンに撫でられながら考える。

『にゃ、にゃううう』

まずはフォーゲル侯爵夫人を取り調べる必要があるだろう。単に巻き込まれてしまった可能性も高いが、潔白を証明できるのならば、してあげたい。

「ただ、騎士隊ぐるみの犯行の場合、証拠がもみ消され、彼女に罪がなすりつけられる可能性があります」

『にゃうう』

ならば最善は、取り調べをせずに軟禁がいいのか。

ひとまず、私は毒に倒れたことにして、医者から予断を許さない状態だと言う診断を下してもらう。その状態でいれば、止めを刺しに暗殺者がのこのこやってくるはずだ。

「では、わたくしは医者に変化しましょうか。シーカが危篤と知れば、ボック男爵夫人が駆けつけると思いますので」

『にゃううにゃ』

作戦を実行する前に、どの毒か解析してくれるらしい。

毒確認キット的なものをエデンは携帯しているようだった。

「毒の入手ルートは限られておりますので、調べたほうがよいかと」

種類によっては、犯人を特定する材料になるようだ。

なぜ、エデンはそんなものを持っているのか。問いかけると、意外な答えが返ってきた。

「姉上様方が、お戯れにわたくしの紅茶や食事に毒を混入することがございまして」

『にゃにゃ!?』

なんでも、エデンはアーベント王から気に入られており、贔屓される立場にあるらしい。それを妬んで、毒を仕込んでくるようだ。

「一度毒を飲んで寝込んでからというもの、アーベント国内で口にする物は、すべて毒味蝶やこちらの品を使って、調べるようにしているんです」

『にゃあああ』

なんと言うか、大変な世界で生きていたのだな、と思ってしまう。

幸せに、大切に、皆から愛されて育った姫君だと信じて疑わなかったのだが。

誰もいない執務室に向かい、毒の種類を調べる。

呪文が刻まれた割り箸のような物を紅茶に浸すと、すぐに文字が浮かんできた。

アーベント語で書かれていたのは、〝赤熊〟の文字。

「こちらは——毒キノコみたいです」

遅効性の猛毒キノコらしい。

「口にすると嘔吐、下痢、腹痛を訴え、二週間ほどの潜伏期間を経て、腎臓と肝臓を患うような症状が出るようです」

これは毒殺ではなく、病気に見せかけた暗殺方法らしい。

『にゃにゃう⁉』

腎臓と肝臓と聞いて、ハッとなる。

そういえば父も、そのふたつの臓器を患い、病床に臥しているのだ。

まさか、父も誰かに毒を盛られていたのでは⁉

『にゃ、にゃあ‼』

「ええ、承知しました。では、ゾンネ王がお口にする物も、毒味蝶で調査しましょう」

おそらくこの毒では、倒れたとしてもすぐに暗殺をしにこないだろう、とエデンは予想していたようだ。

「ただ——」

『にゃにゃ？』

赤熊について、驚くべき情報をエデンは告げた。

「こちらの毒は、〝暁の国ゾンネ〟には自生しておりません。〝宵の国アーベント〟にのみ生えているキノコとなります。当然、国内での採取、取り引きなどはきつく禁じられています」

『に、にゃんにゃにゃ!?』

ということは、〝宵の国アーベント〟と繋がる誰かが、禁忌を破ってこの毒を我が国へ持ち込んだと言うのか。

事態はとんでもない方向へと転がってきていた。すぐに作戦変更をする。

フォーゲル侯爵夫人に関しては、しばらく出勤させないように決めた。

愛人全員に長期休暇を与える、と言ったら不審に思われないだろう。

もしも彼女の休日期間中に、毒の混入があれば、嫌疑も晴れるというものだ。

その後、夕食にも毒味蝶を使って確かめた。

すると、気持ちがいいくらい、真っ赤に染まっていく。

夕食を運んでくれたのは、ヴォルフ公爵夫人とハーン子爵夫人だ。

愛人のほとんどが、事件に関与してしまった。

彼女達を疑いたくないので、こうなったら愛人達全員を休ませようか。

エデンに相談したら、それがいいのかもしれない、と言ってくれた。

食後、幻術の私は愛人達を集める。全員、しばし休むように命じた。

「なっ、なぜですか?」

「たまにはお前らに長い休みをやろうと思ってな」

幻術の私はいい感じに説明してくれた。だが、ヴォルフ公爵夫人を始めとする愛人達は、納得できない、といった様子でいた。ボック男爵夫人に扮したエデンも、同じように不服を訴える演技をしている。

私の好意だと伝えても聞き入れてもらえないので、次の段階へ移ってもらう。

「実を言えば、私は七騎士以外の者から命を狙われている。昨日の事故は、私を殺そうとしたものだったんだ」

皆、驚愕の表情を浮かべていた。誰もかも、演技しているようには見えないが、念のため、警戒しておいたほうがいいだろう。

「今後、もしかしたらお前達を巻き込んでしまうかもしれない。だから、しばし傍から離れてくれ」

そう説明しても、愛人達は首を縦に振らなかった。

私を守るための盾になる、とまで言ってくれた。涙が出るほど嬉しいことだが――命令を聞いてほしかった。

全員に事件の容疑がかかっているから、と伝えたいが、もしも彼女達が本当に犯人だった場合、私の傍付きであることを材料に、アリバイ作りをしてもらっても困る。

ヴォルフ公爵夫人は以前、地獄まで付き合うとまで言ってくれた。今回も同じような気持ちで言っているのだろう。

「七騎士に命を狙われている以前と異なり、今回は犯人が誰かわからない状況だ。気持ちは嬉しいが、命令に従ってもらう」

皆、ショックを受けた表情でいた。

長年よく仕え、支えてくれた者達を突き放すようなことはしたくなかったのだが……。

さすがにこれ以上食い下がっても訴えを聞き入れてもらえないと思ったのだろう。

愛人達は頭を下げ、「かしこまりました」と言って下がっていった。なんとか聞き入れてもらえたので、ホッと胸をなで下ろす。

猫の姿のまま、私は寝室に移動し、しばし休むことにした。

一時間後——エデンは侍従の姿に変化し、私のもとへ戻ってきた。

「シーカ、侍女達は無事、帰宅したようです」

七騎士に追跡させたのか？　と尋ねると、エデンは首を横に振る。

「いいえ、この〝筆録蝶〟を付けました」

エデンの指先に、極彩色の美しい蝶が留まっていた。なんでもこの蝶は毒味蝶のような彼女の使い魔で、何かおかしな行動を取ったらその様子を文字で記録してくれるらしい。

「難点はあまり難しいことは理解できず、簡単な書き取りしかできないのですが。何もないよりはいいかと思い、付けさせました」

さすがエデンである。感謝したのは言うまでもない。

「赤熊の入手ルートにつきましても、七騎士に調べさせる予定です」

『にゃにゃ！』

彼女に感謝し、今日の調査はこれで終了となる。

「では、私室に戻ります」

『にゃあ』

猫化の魔法薬は一日効果があるというので、私はまだまだこの姿のままである。

エデンは窓から外に出て、壁を伝って自分の部屋まで帰るらしい。

七騎士が廊下で待機しているので、見つからないようにするための対策なのだとか。

『にゃ、にゃにゃあ⁉』

危険では？　と問いかけたら、平気だという答えが返ってくる。

「わたくし、七騎士の目を盗んで、よく部屋を抜け出していたんです。壁を伝って移動することくらい、なんてことありませんわ」

結婚前の姫君に、この部屋で休むように、とは言えない。

気を付けるように言ってから、エデンと別れたのだった。

幻術の私を寝室に呼び、横たわらせる。恰好も寝間着にしておいた。

いちいち幻術を調整するのも面倒なので、自動で私の日常を再現するよう、魔法を施す。こうしておけば、幻術の見た目を変えずに済むだろう。

魔法をたくさん使ったからか、眠くなってきた。普段は寝付きが悪いのに、横になった瞬間、微睡んでしまう。

エデンのおかげで、調査は大きな一歩を踏み出したように思えてならない。

明日も頑張ろう——と意識を手放そうとした瞬間、ひたひた、と寝台の上を歩く影に気付いてしまった。

『――っ！』

ハッと目を開き、四つん這いの体勢になる。

いったい誰かと思いきや、ハムリンだった。

『婚約破棄や追放について、どれだけ進んだのか、進捗を聞かせてもらいたいんだよお』

ハムリンは幻術の王太子ヨシカに一生懸命話しかけていた。

どうやら幻術の私は精霊も騙せるレベルらしい。

幻術を跳び越え、ハムリンの前に下りたつ。

『なっ、お、大きな猫なんだよお』

『にゃにゃ！』

ハムリンはシーツの上をザザザーッと、素早く後退し、緊迫の表情を浮かべる。

『その、ハムリンを食べても、おいしくないんだよお』

一度猫に襲われたことでもあったのか。すさまじい警戒具合だった。

私がヨシカだ、と宣言したが、ハムリンはガタガタ震えるばかり。

『い、いつの間に、猫が忍び込んでいたんだよお』

『にゃにゃ～～‼』

怖がらせないよう、距離を詰めずに一生懸命訴える。けれども、ハムリンは頭上に疑問符を浮かべていた。

ハムリンは猫語を理解できないらしい。

仕方がないので、先ほどのように幻術の私を操り、事情を説明することにした。

「おい、ハムリンよ。ここにいる私は幻術で再現したものだ」

『なっ、ほ、本物にしか見えないいんだよお』

「それだけ私の幻術はレベルが高く、本物に見紛うものを作り出すことができるのだ」

ハムリンは感心したように『ほーー』と声を上げていた。

『だったら、本物の王太子ヨシカはどこにいるんだよお』

『にゃにゃにゃ！』

猫の姿の私が手を掲げると、ハムリンは『まさか！』と声をあげた。

『その猫が、王太子ヨシカなんだよお』

そうだと頷くと、やっぱり、と声をあげて安堵した様子を見せていた。

誰かの呪いで猫の姿になったのではないか、という疑問には、幻術を通して回答する。

「いいや、違う。この姿は調査がしやすいよう、変化の魔法薬を飲んでこの姿になっているだけだ」

『なるほど。そうだったんだよお』

落ち着いたところで、今の状況について説明した。

「今現在、何者かの暗殺対象になっていることを確認した」

ここ最近、エデンと仲良くしているので、犯行は七騎士の仕業ではないかとハムリンに聞かれたが、首を横に振る。

「七騎士はこのように回りくどいことはしない。私に毒を飲ませたとしても、即効性のある物を使うだろう。そんなわけで、犯人の目処(めど)は付いていない」

毒を少しずつ与え、病気になったように見せかけて殺そうとしているのだ。

考えただけでもゾッとしてしまう。

「今は七騎士に殺される以外の暗殺イベント中で、ひとまずエデンと手を組み、事件について調査している」

婚約破棄や追放はそのあとに実行に移すのか？　と聞かれたが、なんとも言えない気持ちになる。

少し前までエデンを落胆させ、婚約破棄されたのちに、国から追放されて生き延びよう、と意気込んでいたのだが……。

「エデンに婚約破棄の決断をさせてしまうような行為は、働けないだろう」

『そ、それだと困るんだよお。またこの世界が、ループから逃れられなくなるんだよお』

ハムリンは慌てた様子で訴えているが、そもそも私には他人を意のままに操るなんて無理だったのだ。

「すまない、ハムリン。もしも私が殺されてしまったら、次の魂を呼び寄せて、上手い具合に王太子ヨシカを演じてもらうように頼んでくれ」

『そ、そんな！　困るんだよお！　今回が最後のチャンスかもしれないって、神様が言っていたんだよお』

「なんだと？　また次があるのではないのか？」

『なんだかここ最近、だんだんと世界樹の力が弱まっているようで、もう次はないかもしれないって、神様が話していたんだよお』

壊れてしまった世界を再生し、リスタートをするには、世界樹の力が必要不可欠らしい。それなのに、世界樹に力は残っていないと言う。

「次から次へとどんどん事件が起きてからに！」

『本当に、いったいどうしてしまったんだよお』

エデンは三年も早く〝暁の国ゾンネ〟にやってくるし、七騎士は思いのほか大人しいし、馬車事故に遭って腕は折るし、紅茶に毒は仕込まれるし。

記憶が戻ってからというもの、起きるイベントが悲惨すぎる。

〝パラダイス・エデン〟のハードモードでも、このようなイベントは起きなかったはずだ。

「私が、私が悪いのか？」

『そうかもしれないんだよお』

「こういうときは、嘘でも否定するものなのだが」

『申し訳ないんだよお』

正直過ぎるハムリンはさておいて。

これまで、このような事態は起きていなかったと言う。明らかに、日記帳にない出来事が起こり過ぎていた。

「一度、世界樹の様子を見に行ったほうがよいのか」

『そのほうがいいかもしれないんだよお』

世界樹は王宮の裏にそびえるように生えている。世話は必要なく、何があっても近付かないように、とだけ父王から言われていた。

その言葉のとおり、私はこれまで世界樹のもとに近付いたことなどなかった。

「これまでなかった世界樹が弱まっているという事態などありえない」

おそらく、誰かが何かをしたに違いないのだ。

「世界樹のもとへ行くのは、エデンと一緒のほうがいいな」

彼女を信用しても大丈夫なのか、とハムリンは問いかけてくる。

「少なくとも、お前よりは遥かに信用しているが」

『ガ、ガーーン‼』

ショックを受けているようだが、事故に遭ったさい、スースー気持ちよさそうに眠っていたのはどこのハムリンだ、と問い詰めたい。

エデンは私の事故を聞きつけ、竜を駆って助けにきてくれたのだ。

どちらに対して信用を重く置いているというのは、明らかなものである。

「明日のために、眠ってしまおう」

ハムリンは世界樹が弱まった原因を、単独で調べると言う。

「いや、夜だからと言って、ほっつき歩かないほうがいい」

『神様に定期連絡をしなければならないから、眠くない夜のうちに調査するんだよお』

「そうか」

怪しまれないようにしておけ、と声をかけると、ハムリンはキリリとした表情で頷いていた。

私は今度こそ、深い眠りに就いたのだった。

翌日――猫の姿で新しい一日を迎えた。

猫の体は寒がりのようで、布団から出たら凍え死んでしまうのではないか、と思うくらいだった。

このままではいけないので、なんとか起き上がる。

ハムリンは調査から戻ってきていたようで、寝台の上で大の字になって眠っていた。

夜行性の彼はしばらく目覚めないだろう。そっとしておいた。


出勤してきたボック男爵夫人に長期休暇について伝える。もちろん、いまだに猫の姿なので、幻術で作った私の姿を通して喋るのだ。

「ボック男爵夫人、他の皆にも命じたのだが、しばし休暇を取ってほしい」

「そんな！　私は殿下の護衛として、お役目をまっとうしたいです！」

「気持ちだけ受け取っておこう。今はただ、命令に従ってほしい。頼む、この通りだ」

ボック男爵夫人は五名の愛人の中で、もっとも頑固である。こうだと決めたらてこでも動かせない女性なのだ。

そのため、最終手段である頭を下げるという挙動に出てみた。

本来であれば王族が臣下に向かって頭を下げるなど、あってはならない。

ただ私の前世は日本生まれ、日本育ち。

すみません、ごめんなさいと言って頭を下げるのは日常茶飯事。別に王族としての誇りや自尊心なんて思い当たらないし、心的ダメージなんてまったくないのだ。

一方、忠誠心が高い男爵夫人は、私が頭を下げることを重たく受け止めてしまう。

それ以上食い下がらず、命令を聞き入れてくれた。


ホッと胸をなで下ろしていたところで、侍従に姿を変えたエデンがやってきた。

「おはようございます、シーカ」

『にゃにゃあ！』

挨拶を交わしたあと、今日はやりたいことがある、と主張した。

世界樹が弱っている件について打ち明けると、エデンは驚いた表情を浮かべる。

「無尽蔵に魔力を溜め込み、活気に溢れた世界樹の力が弱くなっているなんて」

世界樹が月から降り注ぐ魔力を受け止めてくれるおかげで、世界は安定している。

もしも世界樹が枯れてしまったら、魔力を浴びた魔物は獰猛化し、人々はあっという間に蹂躙(じゅうりん)されてしまうだろう。

「ただ、不思議ですね。世界樹に、〝暁の国ゾンネ〟の者は介入できないはずなのですが」

現場で何かが起きているのかもしれない。直接行って、確認する必要がある。

その前に、世界樹はとてつもない魔力を発しているので、近付いたら魔法が吹き飛ばされてしまう可能性があった。人の姿に戻っておいたほうがいいだろう。

そう訴えると、エデンは瓶を取り出して差し出した。

「こちらは猫化を解く魔法薬です。即効性があり、すぐに戻れますよ」

『にゃにゃにゃにゃあ！』

感謝し受け取った。

変化するときに服が脱げていたので、元に戻ったさいはもれなく全裸だ。

エデンに裸体を晒すわけにはいかない。

寝室で飲んでくると言い、執務室をあとにする前に一言伝えておく。

『にゃにゃ、にゃななん』

「承知しました」

エデンと出かけたということにしたいので、出直してくれないか、と頼んでおく。

執務室から出て行くのを確認してから、寝室へ戻った。

口に銜(くわ)えて持ってきた猫化解除の魔法薬の蓋を開く。肉球で開封するのは難しいが、三分ほど格闘したら開けられた。猫の舌でチロチロ飲んでいると、しだいに全身が熱くなる。

猫の体は常に寒気しか感じなかったものの、今は全身ぽっかぽかだ。

普段からもこうだったらいいのに～と考えた瞬間に、視界がぐるりと一回転する。

あっという間に、私は人の姿を取り戻した。

想定通り全裸だったため、急いで服を着る。いつもは愛人達の手を借りるが、今日は自力で行った。

ボサボサだった髪を整え、三つ編みに編んだ。

化粧台に並べられた小瓶の数々は、見なかったことにしたい。

いつもはヴォルフ公爵夫人があれだこれだと化粧品を塗り込んでくれる。毎日手入れをしておかないと、大変な事態になる。スキンケアは欠かさないように、と口を酸っぱくするように言われていた。

エデンが戻ってきているかもしれないので、乾燥防止のクリームだけ塗っておく。

想像通り、変化を解いた彼女は部屋にいた。

「すまない、待たせた」

「いいえ、お気になさらず」

さっそく、世界樹のもとへ向かう。

世界樹の根元にはドームが建てられており、人が近づけないように見張りの騎士がいる。それだけでなく、侵入者を弾く結界が張られているのだ。

王太子である私ならば、顔パスで通してもらえるだろう。

ドームまでは幼少期に行ったことがある。転移マップでの移動が可能だろう。

「マップ・オープン‼」

今回もイベント中で機能が使えないのでは、と思っていたが、問題ないようでホッと胸をなで下ろす。

いきなり城内の地図が出てきたため、エデンは驚いているようだった。

「あの、ヨシカ、こちらは？」

「城を自由に行き来できる転移魔法らしい。知り合いの精霊から譲ってもらった」

「まあ！　精霊とお知り合いなのですね」

エデンは尊敬するような眼差しを向ける。

ハムリンは精霊の中でも有名なイフリートやシルフみたいな存在ではないので、見たら夢を壊しそうだ。今も、寝台の上でぐーすか寝ているだろうし。

もしもハムリンが彼女に見つかったときは、森のお友達だと言って誤魔化しておこう。

「瞬間移動で世界樹の元まで向かう」

「あの、その前に、七騎士は必要ありませんか？」

「あー……どうしようか」

彼らが同行していたほうが安心だが、〝宵の国アーベント〟の者達を大勢世界樹のもとへ連れていくのもどうなのか。

あの場は通常であれば、〝暁の国ゾンネ〟の王族しか立ち入れないのだ。

第二王妃に見つかったら、何を言われるかわからない。今回は七騎士の同行は遠慮させていただこう。

「というわけで、私達だけで行こうか」

「承知いたしました」

転移マップを用いて誰かと一緒に移動するのは初めてである。

手でも握っておけばいいのだろうか。

「エデン、手を」

「はい」

片手で彼女の手を握り、もう片方の手で世界樹のドームがある場所をタップする。

すると魔法陣が浮かび上がり、一瞬で移動できた。

世界樹の幹をすっぽり覆うドームに下り立った。無事、エデンも一緒に転移できたようで、ホッとした。

世界樹がある周辺は、深い森に囲まれている。

その辺の森とは雰囲気が異なり、静謐な空気が漂っているようだった。

「この辺りが、世界樹の森なのですね」

「ああ、そうだ」

ドームの天井は吹き抜きになっており、とにかく巨大な世界樹が天を目指すように高く伸びている。その様子は神々しい。

ふと、手を繋いだままであることに気付き、一言断ってから離そうとした。

しかしながら、思っていた以上にしっかり握られており、手放す気配はない。

「エデン、その、手――」

「この辺りは少し次元が混雑しているようですので、離ればなれにならないよう、繋いだままにしておきましょう」

次元が違う、というのはどういう意味なのか。詳しく聞いてみると、驚きの事実がもたらされた。

「世界樹が生えている辺りは、ここの世界と異世界、妖精界に精霊界が混ざっているような空間となっているようです」

もしも歩き方を間違え、うっかり別の世界に足を踏み入れてしまったら、二度と元の世界に戻れなくなると言う。

「そういう事情だったか。では、この手を離すわけにはいかないな」

「はい」

エデンの手のひらをしっかり握り、ドームの出入り口へ向かった。

世界樹の周辺で守衛の騎士がいるのは、ドームと森の外側にある関門（ゲート）のみ。

どうやら関門の中に転移してきたようで、騎士に見つからずに侵入できるようだ。

ドームの出入り口は封印が施されているが、王族である私が手をかざすと、扉が自動で開いた。

ここから先へ入るのは初めてである。ドキドキしながら、一歩を踏み出した。

ドームの内部は、先ほどの森以上に木々が生い茂っていた。

「ここは、やはり不可解な空間だな。息が少しだけしにくい」

森の中を漂う魔力の濃度がとてつもなく濃いらしい。その影響で、息苦しく思う者もいるようだ。

けれどもそれに対し、私は耐性があるはずなので平気なはずだ、とエデンは言い切る。

「他に理由があるとしたら、シーカはもともと異世界か妖精界、精霊界の住人で、魂が引っ張られているからかもしれません」

なんだその迷惑な現象は、と突っ込みたくなる。

エデンは空間魔法を展開させ、飴玉を取り出した。

「この世界のものを口にすると、魂が固定されるはずです」

「あ、ありがとう」

舐めてみたら、スズランの香りが口の中に広がった。花のフレーバーキャンディなのだろうか。

「いかがですか？」

「おいしい。花の香りがすばらしいな」

なんとなく、エデンを思わせる香りだ。この飴を普段から舐めているので、エデンはスズランの香りをまとっているのだろうか。

「よかったです。その飴は、わたくしの魔力を付与したものでして」

「げっほ！　げっほ！　げっほ！」

想定外の情報を耳にし、思いっきり咽せてしまう。

「なっ、どうしてそんな品を、持ち歩いていたのだ⁉」

「〝宵の国アーベント〟では、自らの魔力を込めた飴を、伴侶に渡す習慣があるんです」

互いの魔力を摂取することにより、繋がりを強くするらしい。

へ～～、異文化だ～～。なんて思いつつも、これは私が口にしてよいものなのか、疑問に感じた。

「その飴は特別なもので、専用の工房で製作するのですが、生涯に一度しか作れない品なんですよ」

「なっ⁉」

今すぐ口から飴を取り出して、エデンに返したくなる。

「そんな大切な物を、なぜ今渡した？」

「シーカの魂を強く引き留めておくには、わたくしの魔力を込めた飴を食べていただくのが最適だと思いましたので」

「……」

もう、彼女を無理に婚約破棄するつもりはない。けれども、私以外のよき伴侶が見つかれば、応援したいと考えていたのだ。

まさかこのような先手を打たれてしまうなんて……。

「それでシーカ、息苦しさはいかがですか？」

「あ、なくなってる。本当に効果てきめんなんだな」

「よかったです」

いや、ぜんぜんよくないよ〜〜〜〜！　と叫びたかったものの、口から出る寸前に呑み込んだ。

「それにしても、少しおかしい気がします」

「おかしい、と言うと？」

「通常であれば、この場は神聖な空気が流れているはずなんです」

各世界のバランスもきちんと管理され、私が先ほど訴えたような息苦しさは感じるわけがないと説明する。

「何者かが介入し、均衡が崩れたのだろうか？」

「その可能性が高いです」

大切な世界樹を、いったい誰が手を出したのか。次々と問題が舞い込んでくるものだ。ただでさえ、暗殺事件に巻き込まれて頭が痛いというのに。

「あと、ここには〝メルヴ〟の気配がまったくありません」

「ん、なんだ、そのメルヴ、というのは？」

「世界樹を守護する大精霊です」

なんでも大精霊には〝メルヴ・メディシナル〟という始祖がいるようだ。

「メルヴ・メディシナルは世界樹の原物(オリジナル)そのもので、世界樹から複数のメルヴが生まれ、各世界に世界樹の種を運びました」

なんでも原物の世界樹には、果物がなるようにメルヴがどんどん育っていくらしい。

メルヴが大切に栽培した世界樹が、複数の世界に存在する世界樹だと言う。

「ということは、世界樹がある場所には、かならずメルヴがいるはずなんだな」

「ええ」

存在を感じない、ということは、誰かに捕まっているのか。それとも、この世界から消し去られてしまったのか。

「メルヴが存在しない世界樹は、そのうち枯れてしまうでしょう」

「なっ⁉」

新たな世界崩壊のフラグに、言葉を失ってしまう。私が殺される以外にも、とんでもない事態が起きるなんて。

「もしかしたら、メルヴは世界樹と共に弱っていて、気配を感じられない可能性があります」

「急ごう」

歩調を速めながら、エデンが話しかけてきた。

「シーカは、〝世界樹の鍵〟というのはご存じですか？」

「いや、知らない」

〝パラダイス・エデン〟でも、そのようなアイテムは存在しなかった。ゲームのサブシナリオをそこまでやりこんでいないので、もしかしたらあった可能性もあるが。

「なんなのだ、その世界樹の鍵というのは」

「世界樹の魔力を解放する、〝宵の国アーベント〟が所有する秘宝です」

まさか、世界樹の魔力は〝宵の国アーベント〟の者達が管理していたなんて、まったく把握していなかった。

「なぜ、世界樹の秘宝をアーベント側が所持しているんだ？」

「それは……少し、耳が痛くなるようなお話なのですが、聞いていただけますか？」

「もちろん」

エデンは歩きながら、世界樹の歴史について打ち明ける。

「もともと、世界樹は〝エルフ〟と呼ばれる、耳が長く多くの魔力を持つ一族が守っていました」

「そのエルフというのは、もしや、エデン達アーベント人の祖先なのか？」

「はい」

メルヴを崇(あが)め、世界樹を守護し、平和に暮らしてきたらしい。

そこに攻め入ったのが、〝暁の国ゾンネ〟の王族である一族だった。

「多くのエルフが命を落とし、世界樹を守ろうとしました」

けれどもそれも叶わず、エルフの族長はこの場を放棄することを決めた。

「しかしながら、族長は世界樹にある魔法を施しました」

それは、世界樹の魔力が悪用されないような巨大な結界である。

金を魔力で溶かした鍵で封印を施し、世界樹のもとから逃げたと言う。

エルフ達が辿り着いた先は、太陽が昇らないという宵闇の平野。

魔物が多い上に大地は荒れ、極寒の地域だったため、人が誰も立ち寄らなかったようだ。

エルフはどんどん子孫を増やし、かつて世界樹を守護していた族長は国を作った。

「そうしてできたのが、〝宵の国アーベント〟なんです」

長年、〝宵の国アーベント〟と〝暁の国ゾンネ〟の交流がなかった理由が明らかになったわけだ。

当然ながら、我が国にエルフ達から世界樹を奪って占拠した、なんて歴史は伝わっていない。都合のいい出来事だけを抜粋し、後ろめたい真実は切り取ってなかったものにしたのだろう。

「それにしても、我が国には酷い歴史があったものだ」

エルフ達の歴史は隠されておらず、誰もが初等教育の段階で学ぶらしい。

「ならば、アーベント人の多くは、私達王家の者達を恨んでいるのだろうな」

「それはどうでしょう。まったくいないとは言い切れませんが、私達の国の者はいい意味で自分勝手で、他人の挙動を気にしていない者が多いような気がします」

それでも、エデンの姉達は〝暁の国ゾンネ〟への輿入れに反対していたらしい。

「シーカに関して、さまざまな噂話が出回っていたものですから」

「ああ、あったな」

愛人を五人も囲み、昼夜問わずに色恋沙汰に耽っている――なんて恥ずべき評判が〝宵の国アーベント〟の社交界にまで広がっていたようだ。

「噂に関しましては、すぐに誤解だ、ということがわかりました。しかしわからないのは、どうしてそのような虚偽の情報が広まっていたのでしょうか?」

それは、私が女性であることを隠すためだ。

いい加減、エデンに真実を話したほうがいいのだろうが、まだ勇気が出ない。

事件が片付いたら、打ち明けようと腹を括っている。

「それについては、もう少ししたらエデンに包み隠さず話すつもりだ。それまで待っていてくれないだろうか?」

「はい、わかりました」

私を信用し、曇りのない瞳で頷いてくれる。

こんな純粋で素直な女性を騙していることに、胸がズキズキと痛んだ。

真実を話したら、エデンは失望するだろう。彼女を傷付けた、と七騎士から命を狙われるかもしれない。

それらは、性別を偽っていた罪なのだろう。命をもって償うことはさすがにできないが、可能な限り誠意は示そう。

「それにしても、エデンはどういうつもりで、私との婚姻を結ぼうと判断したのだ？」

「ふたつの国が、よりよく発展していけたら、と思いました。互いにいがみ合っていても、何も生まれませんので、結婚をきっかけに、何か変えられたらいいな、と考えたわけなんです」

国のため、国民のために自らを犠牲にし、益をもたらそうと努力する。

彼女のような女性こそ、本物のプリンセスなのだろう。

「エデンと比べたら、私は自分のことしか考えていない、愚か者だ」

「考えかたは人それぞれだから、この世は成り立っていると思うのです。志が同じである必要はないですよ」

エデンは優しいのでそう言ってくれたが、私はこの王太子ヨシカの体を使い、生き延びることしか考えていなかった。

私の死が世界の崩壊に繋がっているので、そのような考えに至ったのだが……。

前世の記憶が戻る前の、国王になると信じて性別を隠し、日々執務に励んでいた私の心が悲鳴をあげていた。

「エデン、私は国王にはなれないかもしれない」

「はい」

エデンは私の言葉を咎めず、疑問にも思わず、ただただ受け止めてくれた。

「そのときは、どうか国へ帰って、他の誰かと幸せになってほしい」

「それはできません」

彼女が初めて示した強い否定に驚く。

エデンを見下ろすと、まっすぐな瞳が突き刺さるようだった。

「わたくしはゾンネ王との婚姻を望んでいるのではなく、シーカ、あなたと夫婦になりたいのです
――なんて、わたくしも自分勝手な愚か者ですね」

エデンははにかむように微笑んだ。

「国に利益を、と立派なことを言いながら、わたくしは結局、シーカと一緒にいたいだけだったんです」

それは生き方を悔いていた私に同調するために、敢えて口にした言葉だったのかもしれない。

「エデン、ありがとう」

感謝の気持ちと共に、世界樹のもとを目指して歩いたのだった。

世界樹の周囲にある森は、何者も近寄れない聖域だった。

それなのに、魔物の気配があると言う。

「ただの魔物ではありません。高濃度の魔力を浴びた、高位魔物です」

エデンは魔物避けの魔法を常時展開しているようだ。

「ただ、魔物避けも万能ではありません。もしも、わたくし達の前に魔物が飛び出して来たら、それは途方もないほど強力な魔物というわけです」

「なるほど」

なんて会話を交わした瞬間、巨大な影が突然現れた。

「は⁉」

『コケーーーーーー！！！！』

それは、見上げるほどに大きなニワトリ。

「あ、あれは――」

ニワトリの頭上で魔法陣が輝いているのは、獰猛化の魔法薬を飲んだ証である。

つまり、誰かの手が加わっている魔物というわけだ。

「それにしても、あの魔物は――」

「コカトリスです！」

冒険もののゲームでよく見かける魔物だ。たしか、尾は蛇で猛毒を持っているはず。

エデンといったん手を離し、剣を抜いて攻撃態勢になる。

「わたくしは前方からニワトリ部分と戦います。シーカは後方で蛇の相手をお願いできますか？」

「わかった！」

エデンには獰猛化の魔法薬について教えておく。

「エデン、コカトリスの頭上にある魔法陣さえ潰したら、効果を抑えられるだろうから」

「かしこまりました」

コカトリスの尾部分である蛇は、すぐに姿を現す。アナコンダのような巨大な蛇。これはただの尻尾ではなく、意志を持っていて襲いかかってくるのだ。

コカトリスは一体で二体分の魔物を相手にするような、厄介な相手である。

鱗は一枚一枚黒光りしていて、とても硬そうだ。

蛇は鞭のようにしなり、体を振り下ろしてきた。

回避し、怪しく光る赤い瞳に突きを食らわせた。

しかしながら、蛇の瞳は石のように硬いようで、ガキン！　と跳ね返されてしまう。

「石のように硬い瞳とか、どうなっているのだ！」

さらに思いのほか素早く、避けるだけでも精一杯だ。

「こうなったら――」

最終手段である。幻術で自分の姿を作りだし、攪乱する作戦に出てみた。

蛇は嗅覚が鋭く、幻術を使って分身を作ってもバレてしまう。

けれども私の幻術は特別だ。体の匂いまでも、きちんと再現しているのである。

ここまできたら、幻術ではなく、忍者の分身のような術だと言ったほうがわかりやすいかもしれない。

蛇は数が増えた私の姿を前に混乱状態になりつつも、一体一体なぎ払って倒していく。

次々と私が新たに幻術を作り出すので、蛇はとうとう体力切れになってしまった。

ぐったりとうな垂れながらも、近くにやってきた幻術の私に攻撃を繰り出す。その瞬間に、蛇の首をスパッと切り落とした。

『コケケケケケーーー‼』

コカトリスは振り返り、恨みがましい視線を向けていた。

すでにエデンが獰猛化を解いているようだが、尾を切られたことによって暴れ回る。

それだけではなく、嘴（くちばし）の先に魔法陣が浮かび上がり――。

「シーカ、危ない‼」

緑色の液体が噴出される。あれはコカトリスの猛毒だろう。

今から避けても間に合わない。マントで体を覆って耐えようとしたが――猛毒は届かなかった。

目の前に、巨大な土壁がそびえ立つ。

ただの土壁ではない。手足が生え、コカトリスに襲いかかった。

「これは、ゴーレムか⁉」

「ええ、そうです。シーカ、大丈夫ですか？」

「ああ」

エデンが魔法で作りだしたゴーレム。

魔力を多く含んだ土で作ったので、普段のゴーレムよりも強力らしい。

コカトリスよりも大きく素早かった。

『グオオオオオオオ』

『コ、コケーーー!?』

ゴーレムはコカトリスに覆い被さり、押しつぶしてしまう。そのまま土の中へコカトリスを引きずり込んでしまったようだ。

「お、終わりか？」

「ええ。あとは土の栄養分と化すことでしょう」

エデンは頼りになる背中を私に向けていたが、くるりと振り返る。愛らしい微笑みを浮かべる様子は、コカトリスを仕留めた猛者（もさ）には見えない。

「シーカ、先を急ぎましょう」

「あ……はい」

エデンが手を差し伸べてくれたので、そっと手を重ねる。離れ離れにならないためか、ぎゅっと握り返してくれたのだった。

「それにしても、誰かの手が加わった魔物がいたなんて」

「ああいう魔法薬を作るのには、大量の魔力を必要とするはずです」

ここでいったい何が起きているのだろうか。

きちんと調べないと、エデンでもわからないと言う。

一刻も早く、世界樹のもとに行かなければならない。

ようやく、世界樹の根本まで辿り着いたのだが——黒い靄のような物が辺りを漂っていた。

「これは、なんなのだ⁉」

「世界樹から溢れ出た、高濃度の魔力です」

雨が降るように、世界樹から枯れ葉が落ちてきていた。

それは黒い靄にどんどん呑み込まれていく。

世界樹は今——若葉など一枚もなく、枯れ木のように朽ちているかに見えた。

同じく、上を見上げたエデンがハッとなる。

「あれは⁉」

「どうかしたのか？」

「世界樹にかけてあったエルフの鍵が、解錠している状態なんです」

「なんだって⁉」

世界樹の力を悪用できないよう、施錠している状態だったのに、いつの間にかそれが解かれていたようだ。

「〝宵の国アーベント〟にあるはずの鍵を誰が、なんの目的で開けると言うんだ？」

「もしかしたら、世界樹から魔力を奪い、先ほどのコカトリスのような獰猛化させた魔物を作り出すため、でしょうか？」

「ああ、なるほど。その可能性は否めないな」

さらに、ただ鍵を開けた状態では、世界樹が弱体化し、枯れかけているような状況にはならないと言う。

どこの誰が、このような愚かな行動を取ったのか。

七騎士以外の脅威については、まったく見当がつかないでいた。

「それよりも今は、世界樹をどうにかしなければならないだろう。まずはその、メルヴ、とやらを探すのが先決なのか？」

「ええ、それもですが、まずは世界樹に応急処置を施しましょう」

「回復魔法をかけるのか？」

「いえ、人の傷を治すこととは意味合いが異なります。世界樹は魔力を得て成長しますので、大量の魔力が必要となるわけです」

「ならば、私の魔力を使えばいい」

私は他人よりも多くの魔力を持っているようで、少しであれば世界樹に分けてもいいだろう。

「エデンに魔力を付与する作業を任せてもいいか？」

「わかりました」

ちょっとした道具であれば魔力を与えつつ、付与魔法を使うことができるだろう。

けれども世界樹レベルであれば、失敗は許されない。

繊細な作業はエデンに任せた。

エデンが描いた魔法陣の中心に立ち、世界樹を見上げた。

「シーカ、いきますよ」

「ああ、頼む」

エデンが呪文の詠唱を始めると、じわじわ体が熱くなる。

脱力状態となり、その場に座り込んでしまった。

意識が朦朧となり、くらくらと目眩を覚えていった。

額の汗が頬を伝って滴り落ちていく。

カッ、と一気に体温が上がっていく。ポカポカどころではなくなった。

起き上がれず、倒れ込んでしまう。

世界樹を見上げて詠唱を続けるエデンをぼんやり眺めながら、私は意識を取り戻した。


「――ですか？　カ、シカ、ヨシカ！」

名前を呼ばれ、ハッと目覚める。

瞼を開くと、エデンが心配そうに私を覗き込んでいた。

ここで、彼女が膝枕をしてくれていることに気付く。慌てて起き上がろうとしたが、エデンから肩を押さえられつつ、まだ横になっていたほうがいいと言われてしまった。

「シーカ、具合はいかがですか？」

「いつもよりスッキリしているというか、なんというか。いやいや、どうして⁉」

普段からめまいや立ちくらみ、肩こりや動悸に悩んでいた。体調が万全という日は少ない中で生きてきたのだ。

それなのに今、すぐに起き上がって跳び上がりたいほど元気になっている。

「エデン、何か魔法薬を飲ませてくれたのか？」

「いいえ、まったく。苦しいとおっしゃるようであれば、この魔法薬を飲んでいただこうと思っておりました」

ということは、しばし眠ってスッキリ起きた、という状態なのだろう。

平気だと示すために起き上がる。

すると、先ほどと空気が変わっているのに気付いた。

「あれ、なんか空気がきれいになってる？　それに、靄もなくなっているな」

「ええ。シーカの魔力を世界樹に与えたあと、世界樹自身が黒い靄を回収したようです」

世界樹を見上げると、先ほどは一枚もなかった若葉が芽吹いていた。

幹にも艶（つや）が戻り、活き活きとした様子が伝わってくる。

「シーカの魔力を吸収したことにより、世界樹がここまで再生したんです」

「そうか、よかった」

「想定していたよりもたくさんの魔力を世界樹に与えたようですが、体の異変は本当にないのですか？」

「ああ、ぜんぜん。むしろ、普段のほうがめまいや立ちくらみを感じるくらいで、今は調子がいいくらいだ」

「なるほど、そういうわけでしたか」

私の異変について、エデンは原因がわかったのだと言う。

「おそらくシーカは、人間の体に収まりきらないほどの魔力を持っていたのでしょう」

魔力が体のありとあらゆる器官を圧迫した結果、体調不良を感じていたようだ。

「シーカの魔力量を確認したいのですが、よろしいでしょうか？」

「もちろん」

エデンは白墨（チョーク）のようなスティックを取り出し、自らの手のひらに魔法陣を描いた。

魔力は体液に溶け込んでいる。エデンは唾液（だえき）でいいと言ったが、それを彼女に提供するわけにはいかない。

ナイフで手のひらを引っ掻き、エデンが手のひらに描いた魔法陣の上に血を垂らした。

エデンが呪文を唱えると、魔法陣が黄金色に輝く。

「こ、これは――!?」

「なんだ？」

光が収まったあと、エデンは信じがたい言葉を発した。

「シーカの魔力は精霊や妖精並みにあるようです」

それはおおよそ、人が所有していないはずの魔力量だと言う。

「魔力量には等級（ランク）がございまして――」

特級の金（オール）――それは精霊や妖精、聖獣など、この世界のものでない、特異的な存在が持ちうる魔力。

一級の銀（アルジャン）——エルフ族や魔族といった、この世界に生きる魔法を得意とする一族が持つ魔力。

二級の銅（キュイヴル）——魔力量の多い人や、幻獣、魔物などが持つ魔力。

無色透明（クラルテ）——ほんのわずかな魔力しか持たない人のこと。

「わたくしは銀です」

エデンが血を落とした魔法陣は、銀色に輝いた。

「魔力を過剰に所持している状態で、お辛かったでしょう」

「まあ、そうだな」

ただ、体調が優れないのは前世からだった。いつもの私の日常だったので、体との付き合い方はわかっていたのである。

元の王太子ヨシカの日記帳には、体調不良について書かれていなかったので、前世から持ち込んでしまったのか、と落ち込んだものだ。

「魔力量については、口外しないほうがいいのかもしれません」

「そうだな」

世界樹の魔力を利用する者がいるくらいだ。魔力について知ったら、即座に私も素材として捕らえるだろう。考えただけでゾッとする。

「しかしなぜ、私はこのように魔力を秘めていたのか」

「わかりません。神からの祝福（ギフト）である可能性もございますが」

転生の特典だったのだろうか。だとしたら、もっといろんな魔法を使えるようにしてほしい。幻術も便利だが、それよりも派手な魔法を使いたかった。

「何はともあれ、シーカの魔力のおかげで、世界樹は元気を取り戻しつつあります」

このまま誰にも邪魔されず、月から降り注ぐ魔力を浴びていたら元気になると言う。

なんとか、最悪の状態から脱したようだ。

「しかしまだ、絶対に安心できるわけではないな」

「ええ」

エデンは世界樹が再度悪用されないよう、新たな封印を施してくれたようだ。

「わたくしの命を奪わない限り、世界樹を利用するのは不可能です」

それを聞いた瞬間、慌てて飛び起きる。

「エデン、君は自分の命を核にして、世界樹を封じたと言うのか？」

「はい。そうでもしないと、世界樹に鍵をかけることなんてできませんから」

〝宵の国アーベント〟で保管されていた秘宝である世界樹の鍵は、多くの魔力と時間をかけて作られた物らしい。それに匹敵するような鍵を短時間で作るとなれば、エデン自身を核とし、完成させるしかなかったと言う。

「もしも世界樹を利用する奴らが、鍵はエデンだと気付いたらどうするのだ⁉」

「そのときは、世界樹を守るために戦います」

「エデン、しかし」

「大丈夫です。わたくしは強いので」

そうだ。たしかにエデンは強い。戦闘の身のこなしを見る限り、七騎士を遥かに凌駕する力を備えているのだろう。

「それよりも、金等級の魔力を持つシーカのほうが心配です」

「ふむ。どうすればいいのやら」

魔力量は時間が経つと自然と回復するらしい。上手い具合に発散させないと、体に負担がかかる。

「シーカの魔力を用いて、魔法石を作るのはいかがでしょうか？　加工したら、さまざまな魔法に使えますし」

「そうだな」

エデンが作り方を教えてくれると言う。長年付き合ってきた体調不良との暮らしに、光が差し込んだ瞬間であった。

ただ、問題はいまだ山積みである。

世界樹の鍵を盗みだし、世界樹の魔力を奪ったのは誰なのか。私の暗殺事件と同じ人物のように思えてならないのだが。

「まずは、世界樹を守護するメルヴとやらを保護したほうがいいな」

「ええ」

「ただ、本当にメルヴはここにいたのだろうか？」

「ほぼほぼ、間違いないでしょう」

なんでも世界樹の根元に、大精霊クラスの魔力痕が残っているとエデンは言う。メルヴが強制的にここから連れ出されたに違いない。

「メルヴが世界樹の傍にいたら、より安定すると思われます」

「そのメルヴというのは、いったいどのような姿形をしているんだ？」

「わたくしもはっきり把握しているわけではないのですが、世界樹の歴史について記録されていた本によると、〝ダイコン〟のようだと説明が書かれておりました」

〝パラダイス・エデン〟には登場しないキャラクターなので、まったく見当がつかないでいた。

エデンは申し訳なさそうに、ダイコンがどんなものなのかわからない、と言っていた。

そうだ。この国にはカブはあるものの、ダイコンはない。知らなくて当たり前なのだ。

「エデン、大丈夫だ。私はダイコンの形状を把握している」

「まあ！」

地面にダイコンを描いてみせると、エデンは首を傾げる。

「えーっと、メルヴはこのような形状なのですね？」

「そうみたいだ」

魔物で言えば、マンドレイクみたいな見た目なのだろう。それを説明したら、エデンもピンときたようだ。

「よし。じゃあ、ダイコン、じゃなくて、メルヴを助けに行こう」

まずは城に戻ろう。マップを開いたら、執務室に戻れるようでホッと胸をなで下ろす。

「お待ちください。その前に――」

エデンは突然、大がかりな呪文を唱え始めた。

地面に映し出された魔法陣からして、召喚術だろう。

いったい何を召喚するというのか。

魔法陣から眩い光が発せられ、七体の人影が浮かんできた。

「こ、これは――!?」

「七騎士です」

エデンから喚(よ)ばれた七騎士は、突然森の中に呼び出されたようでギョッとしていた。

さらに、私の執務室にいるはずだった護衛対象が外に抜け出していたことについても、驚いているようだった。

ザワザワする七騎士達に向かって、エデンは命令する。

「みなさんにお願いがあって召喚しました。これより、世界樹の守護に務めてください」

背後を振り返った七騎士は、ようやくここがどこなのか気付いたようだ。

いったいどういうことなのか、問いかける彼らに、エデンが説明する。

「我が国から何者かの手によって、世界樹の鍵が盗まれ、世界樹の魔力が根こそぎ奪われていたようなのです。さらに、世界樹の大精霊メルヴも誘拐(ゆうかい)されてしまいました」

〝宵の国アーベント〟としても、あってはならないような事態だろう。

事態を理解した七騎士は顔付きがキリリと引き締まり、胸に手を当てて敬礼するようなポーズを取っていた。

「わたくしと王太子殿下は世界樹の大精霊、メルヴの救助へ向かいます」

七騎士の数名を付けていったほうがいいのではないか、と剣の騎士オルグイユが進言する。けれどもエデンは首を横に振った。

「大人数で行動したら、怪しまれてしまいます。あなた達はここで、世界樹に近付く者を殲滅（せんめつ）してくださいませ」

やわらかな口調で発せられる、ぶっそうな命令を聞いてしまう。

さすがに皆殺しはやり過ぎだ。拘束程度にしておいてくれ、と頼むと、エデンは命令を訂正してくれた。

七騎士と別れ、私達は執務室に戻った。

メルヴを探しに行く前に、しばし休憩しよう。

茶器を運び、魔法瓶で湯を沸かす。

「あの、シーカ、わたくしがします」

「いいや、私にやらせてくれ。エデンを労いたいんだ」

そう言うと、エデンは引き下がってくれる。

紅茶を注ぎ入れたあと、毒味蝶を使って確認した。問題ないようで、ホッと胸をなで下ろす。

「どこで毒が混入されているか、わからないからな」

「ええ、そうですね」

以前、街に出かけたときに購入したクッキー缶を開いて、エデンと一緒にいただく。

疲れたあとのお菓子は、身に染みるようだった。

ここに愛人達がいたら「ほどほどに」と言われていただろう。

「シーカはお菓子がお好きなのですね」

「ああ、そうだな。管理する侍女がいなければ、あっという間にコロコロとした体型になってしまうだろう」

「ふふ、それもかわいらしいと思うのですが、健康のためには、ほどよく食べるのがいいのかもしれないですね」

なんだか愛人がいなくても、エデンにやわらかい口調で厳しく管理されるような気がしてならない。けれどもそんな未来があってもいいな、と思ってしまった。

「シーカ、いったい何を考えていたのですか？」

どうやらニヤついていたらしい。表情を引き締め、エデンの耳元で囁く。

「エデンとの幸せな未来について、妄想していた」

「まあ！」

エデンは耳をほんのり赤く染めて、恥ずかしそうにしていた。

かわいい人だな、と改めて思ったのだった。

クッキーと紅茶をいただいて元気と活力を取り戻した私達は、メルヴ探しを開始する。

「探すと言っても、いったいどこから当たればいいものか……。ひとまず、罪人の塔にでも行ってみるか？」

と、エデンを振り返ると、黒い蝶を指先に留めた状態でにっこり微笑んでいた。

「エデン、その蝶はなんだ？」

「魔力蝶と申しまして、特定の魔力を捜すことに優れた蝶です」

たとえば、ここの城の中でもっとも高い魔力の者を探すように、と命令すると、魔力蝶は私の鼻先に留まった。

「なるほど。このような使い方をするのだな」

「はい。メルヴでしたら、精霊と指示するだけでいいはずです」

「あ、待て。寝室に森の仲間……ではなくて、精霊がいるのだが」

「そういえば、おっしゃっておりましたね」

ダイコン型の精霊がいるくらいなので、ハムスター型の精霊がいても驚かないだろう。

寝室で眠っているハムリンを掴んで、エデンに見せてやった。

ハムリンは私が握っても目を覚ます気配はない。かなり熟睡しているのだろう。

「精霊ハムリンだ」

なんの精霊かは知らないが、エデンに紹介してやる。

「愛らしい精霊様なのですね」

「まあ、な」

このハムリン以外で探すよう条件を挙げておく。

ハムリンは執務机に放置しようと思ったが、もしかしたら再度戦闘になるかもしれない。ハムリン・ソードを使いたいので、小袋に入れて腰ベルトに吊しておいた。

城の中をうろつくことになるが、エデンを案内していると言えばいい。

黒い魔力蝶はパタパタと羽ばたき、私達を誘導する。

向かう先は――――庭のほう。

「外か」

「メルヴを隠すような場所はあるのですか？」

「庭師の休憩小屋や、園芸道具を収納する倉庫がある」

「なるほど。メルヴが隠されているとしたら、その辺りでしょうね」

魔力蝶の誘導で、庭に出た。庭師の休憩小屋や、東屋の前は通過していく。

この先に倉庫があるのだが——ある一団に見つかってしまった。

「あ、ヨシカ兄さま‼」

愛らしい声の主は、私の腹違いの弟であるハインツであった。

どうやら庭で遊んでいたらしい。ててて と駆け寄り、抱きついてきた。

「会いたかった！」

なんでも第二王妃が、私は忙しいので会えないだろう、と言っていたらしい。

ハインツと遊ぶ時間くらいはあるのだが。

「元気だった？」

「ああ、元気だ。しばらく会わないうちに、ずいぶんと背が伸びたな」

「うん！」

無邪気なハインツは私にとって清涼剤だ。今、遊んでやりたい気持ちはあったものの、メルヴ探しが先決である。

「ハインツ、すまない。今はエデン姫を案内している途中なんだ」

そう説明すると、私の背後に控えていたエデンの存在に気付いたようだ。

「わあ、アーベントのお姫さまだ。きれいー！」

その言葉に対し、「そうだろう、そうだろう」大いに頷いてしまう。エデンはにっこり微笑みながら、スカートを摘まんで挨拶していた。

「ヨシカ兄さま、また今度、遊ぼうね」

「ああ、約束しよう」

ハインツと別れ、メルヴ探しを再開させる。

魔力蝶は倉庫の前をひらりひらりと通過していった。

「ここではないだと⁉」

「シーカ、この先は何かあるのですか？」

「温室は真逆の方向だし、門番の休憩所は向かっている方向と少しズレている」

いったいどこにメルヴは隠されているというのか。

焦る気持ちを抑えつつ、先へと進んでいく。

最終的に魔力蝶が動きを止めたのは、庭に植える草花を育てる区画だった。

鉢がずらりとおかれていて、ある程度成長したら、庭に移すのだとか。

薔薇やサルビア、ラナンキュラスなど、花々の苗が並んでいる。

魔力蝶は体力切れということで、姿を消してしまったようだ。

あとは目視で探すしかない。

「この鉢の中に、メルヴが隠されているというのか？」

「おそらく」

大きめの鉢をどかしたり、ひっくり返っているバケツを覗いたり、井戸を覗き込んだり。

どこを探しても、メルヴなんかいない。

ドレスを泥だらけにしているエデンに気付き、ハッとなる。

「エデン、すまない。私ひとりで探しに来ればよかった」

「どうしてですか？」

エデンの頬に土が付いていたので、指の腹で拭ってやる。すると、自らの状態を知ったようだ。

「わたくしったら、こんな状態になっていたなんて」

「あとは私に任せてくれ。エデンは部屋に戻って、休んだほうがいい」

部屋まで送ろうと手を伸ばしたのに、エデンは私から避けるようにサッとしゃがみ込んだ。

草木を掻き分け、メルヴを捜索する。

「エデン……」

「わたくしは平気です。メルヴが発見できるまで、部屋に戻る気はありませんので」

こうだと決めたら、てこでも動かないのだろう。

ありがとう、と感謝し、引き続きメルヴを探す。

だんだんと太陽が傾き始めてきた。そろそろ調査は打ち切りか。

「エデン、今日はこれまでにして、明日、また探してみよう」

庭師がいたら、メルヴについて話を聞けるかもしれない。朝ならば、水やりをしにここに来るだろう。

さすがのエデンも、これ以上探しても見つからないと思ったらしい。

一刻も早くメルヴを救出し、世界樹のもとへ戻してあげたいのだが……。

「メルヴはいったいどこにいるのやら」

『……ダヨオ』

「ん？」

背後より声が聞こえ、エデンを振り返ったが、キョトンとした表情で私を見る。

「今、何か言ったか？」

「いいえ、なんにも申しておりませんが」

風の音だったのだろうか。首を傾げつつ、再度踵を返す。

『……ココ、ココダヨオ』

またしても、聞こえた。今度はかなりはっきり耳に届いた。

私が歩みを止めたので、エデンは不思議そうな表情で私を見つめていた。

「やはり、声がする」

「声、ですか？」

「ああ。子どもみたいな、少し籠もったような声色だった」

「わたくしには聞こえなかったようです」

私だけ耳にしたというのか。

辺りをキョロキョロ見回しても、子どもの姿なんてない。

まさか幻聴だったのか。と思いきや、今度は中央にある鉢の葉っぱが揺れるのと同時に、声が聞こえた。

『ココ、ココニイルヨオ！』

「エデン、あの鉢だ！」

「は、はい」

急いで駆け寄ると、日本でよく見かけていた観葉植物、サンスベリアみたいな葉っぱが左右に大きく揺れている。

これだ‼　と思って葉っぱを握り、一気に引き抜いた。

すると、ダイコンに手足が生えたような生き物が出てきた。大きさは葉っぱ部分を含めて、私の膝丈くらいだろうか。

手足をばたつかせ、落ち着かない様子でいる。

『ウワワワワ！　ワワワワ！』

「と、突然引き抜いて悪かった。お前に危害を与えるつもりはまったくない」

そう訴えると、ダイコンに似た生き物は大人しくなる。

目や口があるようだが、泥まみれでよく確認できないでいた。

念のため、質問を投げかける。

「お前はもしかしなくても、メルヴなのか？」

『ソダネ～』

気の抜けた、のんびりとした返事があった。

やっとメルヴを発見できた。脱力し、はーーーと盛大なため息が零れる。

「私は〝暁の国ゾンネ〟の王太子ヨシカと申す。こちらは、〝宵の国アーベント〟の第七王女エデンだ」

エデンはメルヴに向かって深々と頭を下げていた。

『メルヴハ、〝メルヴ・プランツェ〟ダヨオ』

このメルヴも、原物(オリジナル)の世界樹から派生した存在なのだろう。

大精霊だと聞いていたものの、ハムリン同様に威厳はゼロだった。

「ずっとここにいたのか？」

『ウン、ソウ！　寝テイタンダケレド、メルヴッテ、呼ブ声ガ、聞コエタカラ！』

私の一言でメルヴは目を覚ましたらしい。

エデンに聞こえなかった理由は、メルヴが私の耳に直接声を届けたからだったと言う。

「なるほど、そういうわけだったのか」

メルヴからいろいろ話を聞きたいのだが、誰かに見つかったら大変だ。

別室で話をしたいと伝えると、あっさり了承してもらえた。

メルヴがいた場所には、幻術でメルヴがいるように細工を施しておいた。これでしばらくは、ここにメルヴがいない、という事態にはならないだろう。

ひとまず、泥だらけなので井戸の水で洗ってやる。嫌がるかと思いきや、気持ちよさそうに浴びてくれた。

泥を落としたメルヴの根部分は、きれいなクリームイエローだった。つぶらな瞳に、〝3〟に似た口を持つという、どこか愛嬌があってかわいい大精霊である。

『綺麗ニシテクレテ、アリガトネエ』

メルヴは丁寧にペコリと会釈する。その様子は愛らしいとしか言いようがない。

「えー、私の部屋まで、抱き上げてもいいか？」

『イイヨ！』

そう答えるやいなや、メルヴは先端に葉っぱが生えた枝のような手を上げ、抱っこしやすい体勢を取る。

「んんんっ‼」

あまりにもかわいいので、変な声が出てしまった。エデンも同じようなことを思っているのか、メルヴを見つめつつ頬を染めていた。

じっくり愛でている場合ではない。メルヴを抱き上げ、転移マップで私の部屋まで移動した。

メルヴを私の執務室に下ろしてやると、キョロキョロ見回し、ぴょんぴょん跳びはねている。

『ワー、ココハ、広イ、オ部屋ダネエ！』

「一応、私は王太子だからな」

メルヴの感想から何かを感じ取ったエデンが、しゃがみ込んで質問を投げかける。

「あの、メルヴ様」

『メルヴ、デイイヨウ』

「えーっと、メルヴ、どこの部屋と比べて、ここが広い、と感じたのですか？」

言われてみればそうだ。メルヴはどこかと比較して、ここの規模が大きいと思ったのだろう。

ただの感想だと思い、サラッと流してしまった。

『ウーントネエ、エルフ、ノ部屋ダヨオ』

「なっ⁉」

エルフということはすなわち、アーベント人になる。

「世界樹を襲撃し、世界樹の鍵で封印をこじ開け、あなたを攫ったのは、〝宵の国アーベント〟の者達だったのですか⁉」

『アッ、エット、モウ少シ、ユックリ……』

「ですから――！」

「エデン、落ち着け」

メルヴは言葉を流暢に喋ることができるわけでもないし、寝起きなので頭も働いていないだろう。

エデンもそれに気付いたようで、メルヴに謝罪していた。

心優しいメルヴは、エデンに『イインダヨオ』と言葉を返していた。

「メルヴ、何か必要な物があるか？」

ハムリンはこの世界に顕現するためには、多くの睡眠が必要だと話していた。

メルヴも同じように、顕界で姿を保つには、何か欲するかもしれない。そう思って質問してみた。

『メルヴ、冷タ〜イ、蜂蜜水ガ飲ミタイ！』

「そうか。お安い御用だ」

蜂蜜を湯に溶き、エデンの魔法で冷やす。メルヴが望んでいた蜂蜜水の完成だ。

喉が渇いていたのか、メルヴは蜂蜜水を一気飲みする。

「メルヴ、まだ飲むか？」

『ウン！』

メルヴは五杯の蜂蜜水を飲み干し、満足したようだ。

『ココニ来テカラ、何モ、飲ンデ、ナカッタカラ、嬉シイ‼』

可哀想なことをするものだ。犯人に対し、絶対に許さないという感情がマグマのように沸き立つ。

まず、メルヴを攫ったのは誰なのか、はっきりさせないといけない。

「メルヴ、少し話をしよう」

『イイヨウ！』

メルヴを膝の上に座らせ、なるべくゆっくり、理解できるように話しかけた。

「ここにメルヴを連れてきたのは、耳が尖ったエルフのような者だと言っていたな？」

『ウン』

「その者が、なんと呼ばれていたか、わかるか？」

エデンは固唾を呑んで見守っている。

メルヴがきちんと記憶していますように、と願いながら問いかけた。

『ジカン、ッテ、呼バレテ、イタヨオ』

「次官だと⁉」

ついつい、大きな声を出してしまい、自らの口を塞いだ。

ジカンと言えば〝宵の国アーベント〟の外交次官、レイク・ド・ポワソンのことではないのか。

そういえば、世界樹を気にするような発言をしていたような。

「では、世界樹の鍵で世界樹の封印を解いたのも、彼なのか？」

『ウーン、ドウダッタカナ？　デモ、鍵ヲ、オ姫様ノ金庫カラ、盗ミダシタ、ッテ話シテイタヨ』

「お姫様の金庫というのは、エデンの持参品が保管されている物か」

我が国に現在姫はいない。そのため、お姫様の金庫と言われたらエデンの持参品を収めている物しか該当しないのだ。

『鍵ハ、金庫ニ、戻シタミタイ！』

「そうか」

世界樹の鍵はそもそもエデンの持参品に含まれていなかった。きっと誰かが混入させたのだろう。

エデンは額に珠の汗を浮かべ、顔面蒼白でいる。今にも倒れそうだったので、傍に引き寄せ、私の膝に座らせた。

「エデン、しっかりしろ」

「は、はい」

エデンとメルヴを膝に座らせた状態で、話を続ける。

「メルヴ、あと何か知っていることはあるだろうか？」

『ウーントネエ、ジカンハ、キノコヲ、タクサン、持ッテイタヨ！』

キノコというのは、私の紅茶や食事に混入させていた赤熊（しゃぐま）のことなのだろうか？

だとしたら、私を暗殺しようとしたのも、ポワソン次官である可能性が極めて高くなるだろう。

会話が途切れたタイミングで、エデンが放っていた毒味蝶が戻ってきた。

真っ赤な翅を羽ばたかせ、エデンの指先に留まる。

「これは、父王の元に飛ばしていた毒味蝶だろうか？」

「ええ」

赤く染まった翅は、毒が混入されていた証。

「父王は、病気ではなかったのだな……」

毒を盛られ、病気だと思わせる細工が施されていたようだ。

ただ疑問なのは、父王の体調不良は以前から、という点である。

「止めを刺そうと毒を混入し始めたのか。それとも、以前からポワソン次官と繋がりがある者がいたのか」

毒の種類を調べるために、毒が混入された紅茶や食事が必要になる。それについてもどうにかしなければならないと思っていたが――。

「わたくしが国から持ってきた毒を確認する道具は種類だけでなく、どの程度体に毒が蓄積しているかも、測定可能です」

唾液などの体液から調べられるらしい。

ということは、毒が入った料理や飲み物は必要ないわけだ。

「ならば一度、父王のもとを尋ねるだけでいいのか」

ここ数日、父王の意識は朦朧としていて、言葉を交わすことは困難だと話していた。父王の周囲にいる怪しい人物の証言を得るのは難しいだろうが、毒の種類や蓄積量を調べるだけでもしたい。

「父の病気は重度で、医者すら匙を投げている状況なのだが」

「大丈夫です。毒による体の衰えならば、わたくしの持参品の中にある〝解毒薬〟で癒やすことが可能でしょう」

なんでも毒を警戒し、持ち込んでいたらしい。

それはただの解毒剤ではなく、毒で受けたダメージを内側から回復してくれる効果もあるようだ。

「では、それを父王に飲ませたら、延命できる可能性がある、というわけだな」

「はい。かならず効果がある、とは言い切れないのですが」

それでも、父王にとっては希望の光となるだろう。

「ということは、父王のもとへ行くより先に、エデンの金庫のもとへ向かわなければならない」

ただ、行動は慎重に行わなければならない。

もしも第二王妃に金庫の確認を持ちかけ、持参品の中から世界樹の鍵が発見されてしまうと、エデンの立場が危うくなる可能性がある。

今、世界樹の封印は解かれ、応急処置をしたとはいえ、弱っている状態にあるのだ。

そのことが露見し、エデンに罪がなすりつけられたら――なんて考えるとゾッとする。

第二王妃は身内だが、敵はどこに潜んでいるかわからない。警戒するに越したことはない。

こっそりバレないよう、不在の間を狙って取りに行くべきだ。

もしも行くとしたら、第二王妃が元老院の質疑応答をしている今がチャンスだろう。

「エデン、金庫のもとへは、忍び込んだほうがいいかもしれない」

「ええ、わたくしもそう思います」

彼女も同じ考えだったので、ホッと胸をなで下ろした。

父王の容体も気になるので、善は急げだ。

「メルヴはどうしようか」

『一緒ニ行ク！』

「そうだな」

メルヴを抱いたら両手が塞がってしまう。そのため、紐を使ってメルヴをおんぶした状態で行動する。

「金庫は王妃殿下の私室にある。そこへは裏通路から移動しよう」

「裏通路、ですか？」

「ああ、そうだ。王族が危機的状況となったときに利用する、緊急用の通路だな」

そこを通ったら、第二王妃の私室へ誰にも見つからずに行くことができるだろう。

本棚にある特定の本をいくつか押してスイッチを入れると、裏通路への入り口が出現する。

エデンの手を引き、中へと進入した。

裏通路の壁や天井、床はほんのり光っている。これは蛍光石といって、暗い中で光る魔法の石なのだ。灯りを持たずとも、移動を可能にする利点がある。

「お城の地下にこのような通路があったなんて、驚きました」

脱出用の通路というだけあって、街へも繋がっているのだが、迷ったら最後だと父王から脅されていた。必死になって、裏通路の地図を頭に叩き込んだ記憶がある。

幼少時の記憶を頼りに、第二王妃の寝室へ行き着いた。

「さて、と。金庫はどこに隠されているのやら」

「おそらく、衣装室でしょう」

貴婦人が管理する衣装室には、貴重な品を保管する隠し収納があるらしい。そこしか考えられないと言う。

寝室と続き部屋になっている衣装室は、とてつもなく広い。ドレスが日焼けしないよう、内部は分厚いカーテンで覆われていた。

エデンが魔法で作りだした光球の明かりを頼りに怪しい部分を探ったところ、絨毯(じゅうたん)の下に隠されていた地下収納から金庫を発見した。

「あ――鍵がかかっている」

当たり前だが、厳重に管理されているのだ。

ただ、前世にあったような二重扉の金庫ではなく、魔法仕掛けがしてあるタイプらしい。

「誰かが無理矢理こじ開けようとしたら、持ち主が気付くような魔法が施されています」

「さすが王妃殿下だ。管理に抜かりはない」

「シーカ、わたくしにお任せください。こういう小細工を解くのは得意なんです」

エデンは金庫の前にしゃがみ込み、ぶつぶつと呪文を唱え始める。

それを待つ間、おぶったメルヴをあやしてみた。すると、キャッキャと言って喜んでくれた。

「開きました！」

金庫を開けると、そこにはエデンが国から送り込んだ持参品の数々が収められている。

その中に、ハンカチに包まれた世界樹の鍵を発見した。

「これは、わたくしのハンカチです」

わざわざ私物のハンカチで包むことにより、エデンを犯人に仕立てるようにしたかったのか。

「あとで、ハンカチについた魔力痕を解析してみます」

人が触れた物には、微々たるものであるが魔力が付着しているらしい。調べるのに時間がかかるようだが、特定は可能だと言う。さすが、エデンである。

「あとは、こちらをゾンネ王に」

エデンの持参品でも、もっとも貴重な品だろう。ただ、入っている容器が香水瓶だったので驚いた。

「これが解毒薬なのか？」

「ええ。悪用されないように、香水の瓶に詰めて持って来ていたんです」

目録にも、解毒薬は書かれていなかった。

念のため金庫の中を確認したところ、高価な宝飾品がいくつかなくなっていたらしい。

もしかしたら、エデンが対策をしていなかったら、解毒薬も盗まれていた可能性もあるのだ。

ゾッとするような話である。

「しかしながら、盗まれた品があるとなれば、王妃殿下の自尊心は傷つくだろうな」

完璧という字を擬人化したような人物なので、犯人のことは絶対に許さないだろう。

事情を話して仲間に引き入れるのも手かもしれないが、ポワソン次官と繋がっている者が判明していないので、慎重にならないといけない。

と、ここでのんびりしている場合ではなかった。

金庫を閉め、再びかかっていた魔法と同じ物を施し、地下収納の蓋を被せる。絨毯で覆ったら、元通りであった。

「エデン、ここを出て、父王のもとへ向かおう」

「はい」

エデンが立ち上がった瞬間、扉が開くような音が聞こえた。

「――――ッ！」

衣装室に誰かが入ってきたようだ。

「まったく、急に会談がしたいだなんて、ポワソン次官にも困ったものです」

それは第二王妃の声だった。ポワソン次官との会談に向けて、着ていく服を選びに来たのだろうか。ここでは「マップ・オープン‼」などと叫べない。転移マップはある程度の声量がないと出せないので、今は使えないだろう。

咄嗟にエデンの腕を掴んで、ドレスの中に隠れる。息を殺し、見つかりませんように、と神に願った。

「エデン姫の持参品を確認してほしいだなんて、いったいどういうつもりなのでしょう？」

どくん！　と胸が大きく脈打つ。

第二王妃はポワソン次官の依頼で、エデンの持参品を見にやってきたようだ。

おそらくここで世界樹の鍵を発見させ、世界樹の封印が解けており、魔力が根こそぎなくなっている、というのを確認させたいのだろう。

さらに世界樹のもとに七騎士がいると判明したら、エデン姫の嫌疑が固まってしまう。

今、騒ぎを起こさせるわけにはいかない。奥の手を使おう。

廊下に幻術で私の姿を作りだし、第二王妃の部屋を訪問させた。

すると、侍女が報告にやってくる。

「王妃殿下、ヨシカ王太子殿下がいらっしゃっております」

「なんの用事で？」

「その、なんでも、王妃殿下のお誕生日を祝いたい、と花束を持っていらして」

今日は王妃殿下の誕生日だったのだ。幻術で作った花を持参でやってこさせた。

「花だけ受け取って、今は忙しいと伝えて」

ダメだったか。日頃から交流を制限していたので、こういうことになるのだ。

第二王妃ともっと打ち解けておけばよかったと思っていたが――。

「いえ、やはり会いましょう。金庫の確認はあとにします。ヨシカ王太子殿下は客間にご案内を」

第二王妃は踵を返し、コツコツと足音を立てて部屋から出て行った。

ホッと胸をなで下ろす。

「エデン、早くここから脱出しよう」

「は、はい」

エデンが少しうろたえたような声色で返事をする。どうしたのかと思ったら、彼女を思いっきり抱きしめるだけでなく、壁際に閉じ込めていたようだ。

エデンを隠そうと必死になった挙げ句、このような体勢になっていたのだろう。

「その、エデン、すまない」

「い、いいえ、平気です」

お互いに照れている場合ではない。ここから脱出しなければ。

急いで寝室に移動し、裏通路の中へと飛び込んだ。

階段を駆け下り、しばし歩いた先で立ち止まる。

「なんとか乗り切ったな」

「はい」

第二王妃のことは幻術で作った私が相手にしている。あとは父王のもとへ行って解毒薬を飲ませる必要があるだろう。

転移マップを使い、父王の私室へ移動した。

もしかしたら侍従がいるかもしれないので、寝室ではなくここにやってきたのだ。

隣の部屋が父の寝室である。耳がいいエデンに父王以外の誰かがいるか確認してもらった。

「ゾンネ王以外、いらっしゃらないようです」

「わかった。では行こう」

薄暗い寝室の寝台に、父王は横たわっていた。

太陽の光を入れたほうがいいと思って、カーテンを広げる。

外は澄み渡るような晴天が広がっていた。

父王とこうして顔を合わせるのは、一週間ぶりだろうか。先週やってきたときよりも、顔色が悪くなっているような気がした。

頬の肉は痩け、手はガリガリだった。

誰かが父王を、このような状態に追い込んだのだろう。

「父王、父王、起きてくれ」

反応はない。深く寝入っているようだ。

今のうちに、毒について調査しておこう。エデンが持って来た毒検査キットを使い、父の唾液を調べる。すると、すぐに結果が出てきた。

「やはり、赤熊の毒を飲まされていたようです」

「そうか」

かなり長い期間、父の飲み物や食事に赤熊の毒が少しずつ混入されていたと言う。

いったい誰が、父王を殺そうとしたのか。

父王の上体を起こし、背中と背もたれの間にクッションを詰め込む。

「薬がある。少しの間でいい。起きてくれないか？」

「うう……」

肩を揺らしていると、父王はうっすら瞼を開く。

私を見るなり、ハッと肩をびくつかせた。

「アンネリーゼ……そうか、ついに私にも、お迎えが、やってきたというわけか」

「父王、私です！　あなたの子である、ヨシカです」

「お前には、いろいろと辛い思いを……させたな」

アンネリーゼというのは、亡くなった母の名だ。どうやら父王は、完全に母と私を勘違いしているらしい。

「これからは……殺された王子達と……仲良く……暮らそう」

「殺された王子⁉　父王、それはいったい――⁉」

母が産んだふたりの王子が殺されたというのは初耳である。病死や事故ではなかったのか。

「父王、王子について、詳しく聞かせてください！」

「シーカ、その前にこちらを」

エデンは薬飲みの瓶に解毒薬を入れた物を差し出してきた。

毒が父王の体を蝕んでいる今、治療が先だろう。

「父王、薬です。飲んでください」

口元へ持っていき、少しだけ傾ける。

父王は素直に、解毒薬を飲み干してくれた。しかし――。

「げほっ、げほっ、げほっ‼」

父王の胸元に魔法陣が浮かび上がり、飲ませた解毒薬をすべて吐き出してしまった。

「こ、これはいったいなんなのだ⁉」

「呪いです。薬を受け付けないよう、細工を施していたのでしょう」

「なんてことを‼」

しだいに父の息は荒くなり、白目を剥いて倒れてしまう。

「父王⁉　エデン、先ほどの呪いは、どういったものだった？」

「おそらくですが、毒に対して効果的な薬を飲もうとしたら、命を蝕むような仕掛けかと」

呪いの魔法陣がきれいに消え失せ、跡形もない。

医者がやってきたら、薬を飲んでいる途中に発作が起きて亡くなったのだろう、と判断するのだろう。

呪いはとてつもなく厄介だ。かけた者が死なない限り、解けることはないから。

父は血を吐き、苦しそうに悶える。

「どうすれば、どうすれば——!!」

『メルヴノ葉ッパ、食ベルウ?』

この場にそぐわない、のんきな声が聞こえた。

『メルヴノ、葉ッパ、食ベタラ、ミンナ、元気ニナルヨオ』

その言葉に、エデンがハッとなる。

「シーカ、たった今思い出しました! 文献で読んだのですが——世界樹の大精霊であるメルヴの葉は、〝エリクシール〟と呼ばれる万能薬だそうで。この世の物ではないので、呪いが作用しない可能性があります」

「そうか! エデン、感謝する」

メルヴを背中から下ろし、葉っぱを一枚ください、と平伏した。

「メルヴ、頼む! 父王に葉を分けてほしい」

『イイヨオ』

メルヴは頭上から生える葉を一枚ちぎり、私へ差し出してきた。

「問題は、どうやって父に食べてもらうか、だな」

「シーカ、わたくしにお任せください」

エデンは水球を魔法で作りだし、その中にメルヴの葉っぱを入れる。それに風魔法を追加すると、洗濯機のように水球がくるくる回り始めた。

メルヴの葉っぱは風の力によって粉々にされ、最終的に液体状になる。それを、父王の口元へ運んだ。

吐き出さないよう、口元を押さえる。父王はごくり、と飲んでくれた。

呪いが発動しないように祈っていたら、だんだんと父王の顔色がよくなっていくのに気付いた。

土色だった頬や青ざめていた唇にも、血色が戻ってきた。

「ううん……」

「父王‼」

うっすら目を開き、私を見上げた父王は、消え入りそうな声で「ヨシカか」と呟く。

「シーカ、ゾンネ王はここから連れ出したほうがよろしいかと」

「そうだな」

まずは幻術を展開させ、父王が眠っている姿を作りだしておく。これで、しばらくは父の不在に気付かれないだろう。

「では、私の部屋へ帰ろうか」

「はい」

いまだ、意識が完全に戻っていない父を抱き上げ、転移マップを使って自分の部屋へ戻った。

寝室に父を横たわらせ、ホッと息を吐く。

息遣いも落ち着き、今はスースーと規則的な寝息を立てている。

毒検査キットで調べたが、父王の体内にある赤熊の毒はきれいサッパリなくなっているらしい。

「メルヴのおかげで、父王を助けることができた。心から感謝する」

『ヨカッター！』

ひとつ、心配事はなくなった。あとの問題をどうするか、が悩みどころである。

「シーカ、これからどうしましょう？　ポワソン次官を捕らえて、調査することもできますが」

「いや、ポワソン次官と繋がっている者がわからない限り、それはしないほうがいい」

最悪、〝暁の国ゾンネ〟側の犯人が不明なまま、ポワソン次官にすべての罪がなすりつけられる可能性があった。

「それもそうですね」

まずは持ち帰ってきた世界樹の鍵にポワソン次官の魔力が付着しているのか、エデンに調べてもらう。

それを待つ間、私は寝室にアダルウォルフを連れてきた。

「兄上様、僕に会わせたい人というのは、どなたなのですか？」

「お前の父親であるゾンネ王だ」

「父上様、ですか？」

「ああ、そうだ」

初めて顔を合わせると言う。念のため、父王はアダルウォルフに豊かな生活と教育を施すように命じていたものの、手違いがあったようだ、という事情を説明しておく。

複雑そうな表情を浮かべるアダルウォルフを、父王の枕元へ連れて行った。

「今は眠っているのだが、じきに目覚めるだろう」

「これが、父上様……」

ただただ呆然とした表情で、アダルウォルフは父王の寝顔を見つめていた。

「父上様は、ご病気なのですか？」

「いいや、違う。誰かに毒を盛られていたんだ」

「なっ⁉」

「もう何年も、そうとは知らずに苦しんでいたんだ」

まだ父王と会わせるつもりも、真実を話す気もなかった。ただ、父王の今際の瞬間を見たと感じた瞬間、死んでしまったら永遠に会わせることはできないと思ったのだ。

それにアダルウォルフは家族の一員で、今私達の周囲で起こっている出来事について知る必要がある。だから正直に打ち明けた。

「ずっと話せなくて、すまなかった」

「……いいえ。兄上様は僕を想って、お話しにならなかったのでしょう？」

「まあ、そうだな」

辛そうな表情を浮かべるアダルウォルフを、ぎゅっと抱きしめた。すると、アダルウォルフは涙をポロリと流す。

「これまで、大変な思いをしていたのは、僕だけだと思いこんでいたんです。でも、違った。僕だけじゃなくて、父上様も、苦しみながら生きてきたんだ」

「アダルウォルフ、これからはふたりで、父王を支えよう」

「ッ、はい‼」

もうここから逃げようと思わない。王太子ヨシカとして許されている時間は、精一杯務めを果たすつもりである。

アダルウォルフにつられて、私も少し涙してしまった。

「……いったいそこで、何を泣いているのだ」

「父王‼」

どうやら枕元でうるさくしていたので、父王を起こしてしまったようだ。

「父王、彼はあなたの息子、アダルウォルフです」

「ああ……しばらく見ないうちに、大きくなったな」

父王はアダルウォルフに手を伸ばし、頬に触れる。

アダルウォルフが育った環境を伝えると、父王は申し訳なさそうに目を伏せる。

「これまで、気にかけてやれなくて、すまなかった」

今後は私と同じ教育をアダルウォルフに施し、時期が来たら第二王子として大々的にお披露目すると言う。

アダルウォルフはそれを受け入れてくれたようだ。

「父王、具合はいかがですか？」

「不思議なことに、どこも痛まない。いったい、どうしたんだ？」

これまで寝室の隅で観葉植物と化していたメルヴを紹介する。

「世界樹の大精霊メルヴが、治してくれたのです」

「そう、か」

メルヴを枕元に運んでくると、ぺこりと会釈していた。

「大精霊メルヴよ、感謝する」

『イインダヨオ』

アダルウォルフにもメルヴを紹介した。ふたりはすぐに意気投合し、きゃっきゃと楽しそうに遊び始めた。

「父王、飲み物か食事に、毒が混入されていたようです。病の正体は、赤熊という毒キノコが原因でした」

「そう、だったのだな」

父王は驚きもせず、淡々と受け入れていた。

「なんとなく、そうではないのか、と心のどこかで感じていた」

「なぜ、それを侍医に言わなかったのですか⁉」

「それが、私の罪だと認め、受け入れようと思っていた。国王失格かもしれないが……」

父王の話に耳を傾ける。それはこちらがまったく想像していなかったような出来事だった。

「そんなことが――！」

「墓場まで持っていくつもりだったが」

新たな犯人像が浮上する。父王の証言が本当ならば、あの人物が黒幕に違いない。

ここでようやく、世界樹の鍵を解析していたエデンが戻ってきた。

まずは目覚めた父王に、エデンを紹介した。

「父王、彼女が私の婚約者である、エデン姫だ」

「初めまして、ゾンネ王。エデン・ド・カントルーブと申します」

「あなたが、ヨシカの」

父王が伸ばした手を、エデンは包み込むように優しく握る。

「ヨシカ王太子殿下のことは、わたくしが支えますので」

「ああ、ありがとう」

父王は少し話しすぎたらしく、眠ってしまった。

エデンは七騎士の半分をここに呼び寄せ、護衛をするように命令した。

メルヴと遊ぶアダルウォルフを寝室に残し、エデンと共に執務室へ移動した。

これから作戦会議を始める。

「さて、エデンよ。世界樹の鍵の解析が終わったようだな」

「ええ。検出された魔力は、第二王妃とポワソン次官の二種類でした」

第二王妃に関しては、管理するときに触れたのだろう。

ポワソン次官については、やはり、という感想しかない。

「世界樹の封印を解いて魔力を根こそぎ奪ったのは、ポワソン次官というわけか」

「ええ、間違いないでしょう」

あとは、〝暁の国ゾンネ〟側の協力者について。

エデンの耳元で囁くと、ハッと肩を揺らした。

「なんてことでしょう！」

「まだ確かではないがな。犯人か否か、これから確かめようと思っている」

「何か方法があるのですか？」

「ああ」

題して、〝父王快癒大作戦〟である。

「犯人は父王の命を狙い、病死に見せようと工作していた。そんな中で、エデンが〝宵の国アーベント〟から持ち運んだ奇跡の秘薬をもって、回復したと大々的に知らせるんだ」

父王に関しては、確実に殺せる対象として見ていたはずだ。

それは叶わなくなり、何か行動を起こすに違いない。

「元気になった父王を幻術で作りだし、寝室で様子を窺う」

寝室への立ち入りを結界でガチガチに制限し、容疑者以外侵入できないようにしておけば、犯人が直接扉から足を運ぶしかなくなるだろう。

「私達は寝室で気配を消し、犯人を待ち構えようではないか」

第二王妃がエデンの持参品を確かめる前に、こちらが先手を打つ。

まず、侍従に父王の回復を伝え、第二王妃のもとへ知らせるように命じた。

それからと言うもの、大きな騒ぎとなる。

第二王妃は大粒の涙を流し、父王の回復を喜んでいた。ハインツも「元気になったら遊んでほしい」、とかわいらしいお願いをしている。

ハインツへはもう少ししたら、本物の父王に会わせてやるからな、と心の中で誓う。

大臣達はエデンに感謝していたものの、ポワソン次官だけは顔が引きつっていた。

死も間近だと聞いていた父王が、猛毒の効果をなかったものにするとは思わなかったのだろう。

あっという間に夜になり、私達は父王の寝室に潜伏する。幻術で気配そのものを消してしまえば、誰にも気付かれない。

刻々と時間が過ぎていく。さすがに、今晩はやってこないのか、なんて思っていたが――。

キイ……と扉を開く音が聞こえた。

ひとりの人影が、ゆらり、ゆらりとおぼつかない足取りで近付いてくる。

暗闇の中でキラリと光ったのは、ナイフであった。

振り上げられたナイフは、幻術の父王目がけて勢いよく振り下ろされる。

「死ね！　死ね、この、生きてる価値なんてないカス男が‼」

女性の声だった。恨みがこれでもか、と籠もった罵声(ばせい)を浴びせている。

それからというもの、女性は幻術の父王をグサグサ刺し続ける。

刺し心地もリアルで、返り血も浴びる感覚があるのだろう。

「お前さえ、お前さえいなければ、〝暁の国ゾンネ〟は、私の物になる‼」

ここまで証拠が取れたら十分だろう。寝室を明るくし、声をかけた。

「それで満足だろうか、〝王妃殿下〟？」

私の声に驚き、第二王妃は勢いよく振り返った。

「なっ――⁉」

エデンの合図で七騎士が押し寄せ、第二王妃を拘束する。

「な、何を、無礼です‼」

「取り繕(とつくろ)っても無駄だ。これまでの王妃殿下の暗躍は、すでにポワソン次官の口から聞いている」

「なん、ですって？」

縄でぐるぐる巻きにされたポワソン次官は、私の親衛隊の騎士達が突き出してきた。

「父王と私を暗殺しようとした挙げ句、世界樹の魔力をポワソン次官に譲渡した罪で、拘束させてもらう」

第二王妃は顔を伏せ、肩をぶるぶる震わせていた。計画は順調に進んでいたので、悔しかったのだろうか。

顔を上げた第二王妃は、他人を馬鹿にするような笑みを浮かべていた。

七騎士に拘束された状態で、あの余裕はなんなのか。

第二王妃は突然叫んだ。

「あなた達を全員、血祭りにしてやります‼」

第二王妃が呪文を唱えると、部屋が異空間の中へ引き込まれる。

赤と黒の二色が渦巻くような、見ているだけで気持ち悪くなるような場所だった。

そこに、私とエデン、それから第二王妃だけが佇んでいた。

「まずは、あなた方から処分しましょう」

第二王妃が取り出したのは、召喚術が書かれた魔法札（スクロール）である。それを破ると、巨大な魔法陣の中から、翼が生えたトカゲ――バジリスクが這い出てきた。

普通のバジリスクよりも一回り以上大きい。

「こ、これはなんなのだ⁉」

「〝フル・バーサク〟――獰猛化のさらに上をいく、獰悪化させたバジリスクです」

どうやらアダルウォルフに使っていた獰猛化よりも、魔物をさらに強くさせる魔法薬を開発していたらしい。

これだけのレベルの魔法薬を作るためには、途方に暮れるくらいの大量の魔力が必要だ。

ここで、ピンとくる。

「世界樹の魔力を悪用していたのは、あなただったのか⁉」

「ふふふ」

それは肯定とも否定とも取れかねない、曖昧な微笑みだった。

『ギョオオオオオオオ！！！！』

これ以上、第二王妃と言葉を交わす暇はないようだ。

バジリスクは強力な毒を尾からまき散らし、石化魔法を使う厄介な魔物だ。

エデンが剣を引き抜いたので、私も戦闘準備を行う。

「ハムリン・ソード‼」

そう叫ぶと、ハムリンが変化した剣を手にする。これで、石化魔法をなるべく無効化したい。

「エデン、私は前方でバジリスクを引きつけるから、後方からの攻撃を頼む」

「わかりました」

まずはフル・バーサク状態を解こうとしたものの、なかなか隙を見せない。まずは弱らせることが先決か。

バジリスクは全身尖った鱗に覆われていて、斬りつけても金属を叩いたような音が鳴り響くだけだ。エデンも苦戦しているようで、なかなか致命傷は与えられない。

第二王妃は高みの見物をしており、バジリスクの攻撃を避けるしかない私達を嘲笑う。

「ふたりを石像にして、バジリスクと戦った勇敢な王子と姫君として、広場に飾って差し上げますので」

そんなことなど、されてたまるか！

石化攻撃を無効化するだけでいっぱいいっぱいなのだが、何かいい方法などないものか。

なんて考えていたら、エデンがバジリスクから離れるようにと叫んだ。

いったい何をするのか。

エデンの様子を見ていたら、彼女はとんでもない行動に出る。

なんと、猛毒をまき散らす尾を掴んで、バジリスクの体に振りかけ始めたのだ。

『グオオオオオオ！！！』

バジリスクの猛毒は、自身にも有効らしい。

硬いバジリスクの鱗が溶けていく。

すかさず、エデンはバジリスクを斬りつけ、尾を切断してしまった。

「なるほど。さすがのバジリスクも、自らの毒にやられることがあるのか」

と、ここでピンと閃く。石化の魔法も、同じように利用できるのではないのか。

「エデン、頼みがある。水鏡を魔法で作ってくれないか？」

「承知しました」

エデンが水鏡を作りだし、いくつか設置してくれた。

バジリスクの気をこちらに向けつつ、ちょこちょこと逃げ回る。

『オオオオ‼』

バジリスクが石化の魔法を放とうとした瞬間、私は水鏡の背後に隠れた。

すると、石化の魔法は跳ね返り、バジリスクに襲いかかる。

『ギャアアアアア、アア、ア――――！』

瞬く間に、バジリスクは石化してしまった。フル・バーサクを解くまでもなかったようだ。

なんとか倒せたようで、ホッと息を吐く。

「王妃よ、もういい加減に――」

「これで終わるものですか！」

まだ、手持ちの魔物がいると言うのか。ちょっとは手加減してほしいのだが……。

「今度は、兄弟同士で戦い合っていただきます」

「なんだと⁉」

「あなたはご存じないでしょうが、罪人の塔に、第二王子アダルウォルフを拘束しているのです。召喚して獰悪化状態にしたら、たちまちあなたを襲ってくるでしょう」

第二王妃は先ほど同様に、召喚の魔法札を破いた。

けれども、先ほどのようにアダルウォルフは現れない。

「あ、あら？　どうして？」

「アダルウォルフならば、とうの昔に私が保護している」

「そ、そんな馬鹿な！　昨日、様子を見に行ったときも、牙を剥いてだらしなく唸っていましたのに！」

「あれは私が魔法で作った幻術だ。残念だったな」

これ以上手持ちがなかったのだろう。第二王妃はぺたんとその場に頽れる。すぐさまエデンが駆け寄って、拘束していた。

最後に、彼女へ疑問を投げかける。

「すべての元凶はお前だったのか？」

「いいえ、私だけではありません。〝宵の国アーベント〟の外交次官である彼も、共犯です」

「なるほど、そうか」

そもそも、ポワソン次官のほうから第二王妃に話を持ちかけてきたらしい。

彼は長年、魔物の研究をしており、獰猛化及び獰悪化の魔法薬を作りだしたようだ。

これを利用し、第二王妃は犯行を思いついたという。

貰った獰猛化の魔法薬をアダルウォルフに使い、効果を確かめたあと、彼に協力することに決めたと言う。

フル・バーサク状態にした魔物を使役し、この国を乗っ取る予定だったらしい。ポワソン次官は宰相に迎える予定だったようだ。

ふたりは手を組み、エデンの持参品の中に世界樹の魔力を解放させる鍵を仕込ませた。

時間をかけて、犯行を計画していたのだろう。

「父王だけでなく、私も憎かったんだな」

「ええ！　あなたさえいなければ、息子のハインツが王太子であり、未来の国王でしたから！」

異空間に浮かぶ魔法陣を、ハムリン・ソードで無効化した。

すると、父王の寝室に戻って来られた。

第二王妃は再度七騎士に拘束され、今度は呪文が唱えられないよう猿ぐつわを噛まされていた。

「シーカ、第二王妃の処遇はいかがいたしましょうか？」

「そうだな。ひとまず、罪人の塔にある地下の牢に閉じ込めておけ」

アダルウォルフに長年強いていたことを、我が身をもって味わってもらおう。

事件はあっけなく、終息する。

もうこれで、私や父王、アダルウォルフ――何よりも世界が脅威にさらされることなどなくなったようだ。

「ハムリンよ、これでこの世界は問題なく、存続できるのだな？」

『もちろんだよお！　感謝してもしきれないんだよお！』

もう二度と、世界の存亡を背負うだなんてごめんだ。

これからは平和に暮らしたい。そう願うばかりであった。

「ハムリンはこれからどうするのだ？」

『ヨシカの傍が居心地がよかったから、ここで過ごすことにしたんだよお』

「そうか」

ならば今後は王家の者達を助けてやってくれ、と頼んでおく。

ハムリンは目を細めつつ、頷いてくれたのだった。

戻ってきた愛人達は、涙を流しながら私を取り囲む。
ヴォルフ公爵夫人は珍しく、涙ぐみながら言葉をかけてきた。

「殿下、ご無事で何よりです」

「皆、疑ってすまなかったな」

「いえいえ、とんでもないことでございます」

彼女達は全員無罪だった。母が遺してくれた者達は、心から私に仕えてくれていたのだろう。

「それにしても、王妃が犯人だったなんて、まったく想像つかなかったな」

第二王妃がここまでして父王や私を殺したかったのには、大きな理由があった。

なんと、もともと父王と結婚するはずだったのは第二王妃だったらしい。

しかしながら、父王が「真なる愛に目覚めた！」と言い、下級貴族の生まれだった母を娶ると宣言したのだ。

さらに父王は第二王妃に、母を支えるようにと侍女を務めるようにと命令した。

父王の行いはクズと言われても無理がないもので、第二王妃が長年において恨みに思うのも無理はなかった。

フォーゲル侯爵夫人が一通の手紙を差し出してくる。母が私に遺していた手紙を、王族を取り巻く不可解な事件が解決したら渡すように言われていたらしい。

手紙に書かれてあった内容は、壮絶だった。

母はまず、結婚して一年目に男児を出産した。しかしながら、乳母の乳を詰まらせて夭逝してしまったらしい。それから二年後に再び男児を産むも、病気によって突然死してしまった。三人目の子を流産してしまった母は、これはおかしい、と気付いたようだ。

病死や事故死に見せかけ、誰かが子どもの命を奪おうと画策している。けれども犯人は誰かわからない。

そんな状況の中、四人目に生まれたのは王太子ヨシカである。

母は犯人を捕まえるために、王太子ヨシカを男として育てることを決めたようだ。そして、二度と愛する子どもが命を落とすことがないよう、ある魔法をかけた。

それは、〝巻き戻り〟と呼ばれる禁術である。

母は自身の命をも狙われていると気付き、凶刃(きょうじん)に襲われた瞬間、魔法を展開させた。

〝巻き戻り〟は術者の命と引き換えに発現されるもので、魔法をかけた対象が命を落とすと、時間が巻き戻るというものだった。

王太子ヨシカのループの正体は、母がかけた巻き戻りの魔法が原因だったのだ。

母の執念が、事件の解決に繋がったのだろう。

王子達や母を殺した犯人である第二王妃は捕らえられ、罪を償っている。

母の魂も浮かばれたことだろう。

これまで私を支えてくれた愛人達に感謝し、これからもよろしく、と頭を深々と下げたのだった。

第二王妃の息子であるハインツは母親が拘束され、大変ショックを受けていたようだった。

そんな彼に手を差し伸べたのは、アダルウォルフである。

腹違いの兄であることを告げ、ハインツの傷ついた心に寄り添ってくれた。

私がしたことを、ハインツにもしてあげたいと、自ら名乗り出たのだ。

現在、ハインツはアダルウォルフにすっかり懐き、庭でメルヴと遊ぶ様子が見られる。

悲惨な事件が起きたが、皆、兄弟が平和に遊ぶ様子を見て癒やされているようだった。


何もかも問題は解決した――と思い込んでいた。

まだ、私の中に大きな問題があったのだ。

それは、私が女性であるということ。

先に父王に告げたのだが「そうだったのか」というあっさりとした一言で終わった。

王太子の位を剥奪(はくだつ)するように進言しても、父王は首を縦に振らなかったのだ。

「これまで立派に王太子の役目を務めていたお前を、誰が相応しくないと言えるのだろうか?」

「そ、そうでしたか」

アダルウォルフが国王になるほうがいいのではないか、と本人に話を持ちかけたものの、今後は私を支えたい、というまさかの宣言をされてしまう。

どうやら、私が国王になるしかないようだ。

女であることを公表するか否かは、好きにするようにと言われた。

今さら王女として暮らせと言われても、無理な話である。周囲も戸惑うだろう。

今の私のまま生きてみようか——と答えを出したのだった。

続いての問題はエデンである。これまで騙していたので、心が苦しいのだが……。

大切な話がある、とエデンを呼び出した。

何か察しているのだろう。エデンは目を伏せ、悲しげな雰囲気をまとっているようだった。

「あー、その、話と言うのは、私自身についてというか、なんというか」

話し始めた瞬間、エデンは平伏し、懇願するように叫んだ。

「わたくし、何があっても、シーカとの婚姻を諦めるつもりはございません。第二妃でも構いませんので、どうかお傍に置いてください‼」

エデンは斜め上方向の勘違いをしていたようだ。

「いや、そうではなくて」

否定すると、エデンはポカンとした表情で顔を上げる。

「わたくし、これから婚約破棄をされるのではないのですか？」

「まあ、場合によっては、それも」

「絶対に嫌です‼」

エデンは私のもとへ駆け寄り、胸に縋る。

このように愛らしく、いじらしい女性と別れられるわけがないのだが……。

勇気をかき集め、エデンに伝えた。

「エデン、これまであなたに黙っていたことがある。私はあなたを、ずっと騙していた」

「騙されたままでも構いません！　わたくしは、シーカと離れたくないんです」

「ありがとう」

最後だと思って、エデンをぎゅっと抱きしめた。

胸が切なくなる。けれどもこれは、嘘を吐いていた代償なのだろう。

「実は――私は女なんだ。だから、エデンとの婚姻は結べない」

「どうしてですか？」

「はい？」

今、勇気を振り絞ってカミングアウトしたのに、穏やかな川のせせらぎのようにさらーっと流されてしまった。

「その、私は女で、エデンも女で……」

女性同士なのだから、結婚できないのだと、しどろもどろで説明する。

「なぜ女同士だと、結婚できないのですか？　そういう法律があるのですか？」

「いや、言われてみればないな」

「でしたら、問題ないのではありませんか？」

エデンの発言に我が耳を疑う。まるで、「パンがなければお菓子を食べればいいのに」みたいな調子で、女同士でも結婚すればいいと言うのだ。

「シーカはわたくしと、結婚したくないのですか？」

「いいや、そんなことはない」

エデンは大好きだ。性別に関係なく、生涯共に過ごしたい愛らしい人だと感じていた。

「愛さえあれば、何事も乗り越えられると思います」

「まあ、たしかにそうだな……」

なんて言いかけていたものの、ある問題に気付く。

「しかし、世継ぎ問題について、大臣達からヤイヤイ言われるかもしれない」

「でしたら、わたくしが男になればいいのでは?」

「な、なんですと?」

「わたくし、いつでも男になれますので!」

「えっ、それはどういう――」

エデンの体が光に包まれ、一回り以上シルエットが大きくなる。

光が収まったあとで姿を現したのは、男性となったエデンであった。服装もドレスから変化していて、七騎士が着ているような軍服をまとっていた。

そんなことよりも、彼の顔に見覚えがあった。すぐにピンとくる。

「あ、あなたは、魔法雑貨店にいた青年ではないか!」

「はい、そうなんです」

魔法雑貨店で偶然出会い、一万ゴールドを換金してあげた青年はエデンだったのだ。

私のことが気になり、竜に乗ってこっそり視察にやってきていたらしい。けれども警備が思いのほか厳しく、会うことができなかったと言う。

花占いでもして愛を確かめようとしていた矢先に、魔法雑貨店で私と偶然出会ったわけだ。

「あのときから、わたくしはシーカが女性だと気付いておりました。一応、王太子として性別を隠したいようだったので、知らない振りをしておりました」

「そ、そう……」

なんでも、エデンが我が国にもたらした〝魔法石〟一千個と、魔石の優先取り引きについては、一万ゴールドを換金してくれたお礼だったらしい。

情報量が多すぎて、理解が追いつかない。

「途中からヨシカをシーカと呼んでいたのも、以前出逢ったアーベント人の青年だと気付いてもらえないか、という密かな願望があったのですが」

私はまったく気付かず、のほほんと今日まで過ごしてきたというわけだった。

「そうか、そうだったのか。私が気にしていた問題は、深刻なものではなかったのだな」

ひとつ、気になったのでエデンに質問を投げかけた。

「そもそもエデンは男なのか？　それとも女なのか？」

「どちらでもありません。アーベント人は好きなタイミングで性別を変えられますので、あまり男とか女とか、そういうのにこだわりがないんです」

ここで〝パラダイス・エデン〟のゲームシステムについて思い出す。

主人公エデンは性別の選択が可能で、さらにゲーム中はいつでも男になったり女になったりでき

るのだ。恋愛対象である七騎士とも、男同士の恋愛も楽しめる、という特徴があった。

そんなゲームの設定が、現実世界にまで適用されているなんて。

「あの、もしも出産が困難であるのならば、シーカは魔法薬で男性になってもらい、わたくしが産むこともできます」

どうやら、性別に関してはどうとでもなるらしい。エデンにとって重要なのは〝私という存在である〟という、ただ一点のみだと言うのだ。

外見も、性別も、立場もすべて関係ないようだ。

もはや、乾いた笑いしか出てこない。

私がさんざん悩んだ時間を返してほしい、と切(せつ)に思った。


このような奇跡など、前代未聞だろう。

何はともあれ、私達は別れなくてもいいらしい。

神に感謝しつつ、エデンと抱擁し、口づけを交わしたのだった。

アリアンローズ新シリーズ
大好評発売中!!

結婚式当日に妹と婚約者の裏切りを知り、家の警備をしていたジローと一緒に町を出奔することにしたディア。
故郷から遠く離れた辺境の地で、何にも縛られない自由で穏やかな日々を送り始めるが、故郷からディアを連れ戻しに厄介者たちがやってきて――？

嫉妬とか承認欲求とか、そういうの全部捨てて田舎にひきこもる所存

著：エイ　イラスト：双葉はづき

アリアンローズ既刊好評発売中!!

最新刊行作品

公爵令嬢は我が道を場当たり的に行く ①〜②
著／ぽよ子　イラスト／にもし

忙しすぎる文官令嬢ですが無能殿下に気に入られて仕事だけが増えてます ①
著／ミダ ワタル　イラスト／天領寺 セナ

味噌汁令嬢と腹ぺこ貴族のおいしい日々 ①
著／一ノ谷 鈴　イラスト／nima

ぶたぶたこぶたの令嬢物語
〜幽閉生活目指しますので、断罪してください殿下！〜
著／杜間とまと　イラスト／キャナリーヌ

幽霊になった侯爵夫人の最後の七日間
著／榛名丼　イラスト／コユコム

じゃない方聖女と言われたので落ちこぼれ騎士団を最強に育てます ①
著／シロヒ　イラスト／三登いつき

嫌われ魔術師様の敏腕婚活係
著／倉本 縞　イラスト／雲屋 ゆきお

嫉妬とか承認欲求とか、そういうの全部捨てて田舎にひきこもる所存 ①
著／エイ　イラスト／双葉はづき

訳アリ男装王太子は追放を望む
著／江本マシメサ　イラスト／風花いと

コミカライズ作品

目指す地位は縁の下。
著／ビス　イラスト／あおいあり

悪役令嬢後宮物語 全8巻
著／涼風　イラスト／鈴ノ助

誰かこの状況を説明してください！ ①〜⑨
著／徒然花　イラスト／萩原 凛

魔導師は平凡を望む ①〜㉛
著／広瀬 煉　イラスト／⑪

転生王女は今日も旗を叩き折る ①〜⑧
著／ビス　イラスト／雪子

侯爵令嬢は手駒を演じる 全4巻
著／橘 千秋　イラスト／蒼崎 律

復讐を誓った白猫は竜王の膝の上で惰眠をむさぼる ①〜⑦
著／クレハ　イラスト／ヤミーゴ

婚約破棄の次は偽装婚約。さて、その次は……。 全3巻
著／瑞本千紗　イラスト／阿久田ミチ

平和的ダンジョン生活。 全3巻
著／広瀬 煉　イラスト／⑪

転生しまして、現在は侍女でございます。 ①〜⑨
著／玉響なつめ　イラスト／仁藤あかね

魔法世界の受付嬢になりたいです ①〜④
著／まこ　イラスト／まろ

どうも、悪役にされた令嬢ですけれど 全2巻
著／佐槻奏多　イラスト／八美☆わん

脇役令嬢に転生しましたがシナリオ通りにはいかせません！ 全2巻
著／柏てん　イラスト／朝日川日和

騎士団の金庫番 全3巻
〜元経理OLの私、騎士団のお財布を握ることになりました〜
著／飛野 猶　イラスト／風ことら

王子様なんて、こっちから願い下げですわ！ 全2巻
〜追放された元悪役令嬢、魔法の力で見返します〜
著／柏てん　イラスト／御子柴リョウ

婚約破棄をした令嬢は我慢を止めました ①〜③
著／棗　イラスト／萩原 凛

裏切られた黒猫は幸せな魔法具ライフを目指したい ①〜②
著／クレハ　イラスト／ヤミーゴ

明日、結婚式なんですけど!? 全2巻
〜婚約者に浮気されたので過去に戻って人生やりなおします〜
著／星見うさぎ　イラスト／三湊かおり

Twitter
「アリアンローズ／アリアンローズコミックス」
@info_arianrose

TikTok
「異世界ファンタジー【AR/ARC/FWC/FWCA】」
@ararcfwcfwca_official

その他のアリアンローズ作品は https://arianrose.jp/

訳アリ男装王太子は追放を望む

＊この作品はフィクションです。実在の人物・団体・事件・地名・名称等とは一切関係ありません。

2023年10月20日　第一刷発行

著者 …………………… 江本マシメサ

イラスト …………………… 風花いと
発行者 …………………… 辻 政英
発行所 …………………… 株式会社フロンティアワークス
〒170-0013　東京都豊島区東池袋3-22-17
東池袋セントラルプレイス5F
営業　TEL 03-5957-1030　FAX 03-5957-1533
アリアンローズ公式サイト　https://arianrose.jp/
フォーマットデザイン …………………… ウエダデザイン室
装丁デザイン …………………… AFTERGLOW
印刷所 …………………… シナノ書籍印刷株式会社

二次元コードまたはURLより本書に関するアンケートにご協力ください

https://arianrose.jp/questionnaire/

● PC・スマートフォンに対応しております（一部対応していない機種もございます）。

●サイトにアクセスする際にかかる通信費はご負担ください。